歷代全集叢刊／張印棟主編

歐陽文忠公全集十八種附一種

（第一册）

（宋）歐陽修 撰

河南人民出版社

圖書在版編目（CIP）數據

歐陽文忠公全集十八種附一種（全十二册）/（宋）歐陽修撰. —鄭州：河南人民出版社，2018. 1
（歷代全集叢刊 / 張印棟主編）
ISBN 978-7-215-09309-6

Ⅰ. ①歐… Ⅱ. ①歐… Ⅲ. ①中國文學-古典文學-作品綜合集-北宋 Ⅳ. ①I214.412

中國版本圖書館 CIP 數據核字（2017）第 286025 號

河南人民出版社出版發行
（地址：鄭州市經五路 66 號　郵政編碼：450002　電話：65788063）
新華書店經銷　　河南新華印刷集團有限公司印刷
開本 710 毫米×1000 毫米　1/16　印張 326.5
字數 3888 千字
2018 年 1 月第 1 版　　2018 年 1 月第 1 次印刷

定價：2612.00 圓（全十二册）

出版前言

無論是思想體系的發展，還是社會的進步，在一定的時間段之内，都會經歷從宏觀到微觀的發展過程。這一過程也是一個漫長的不斷演化、完善的進程，其間會經歷曲折、反復，甚至可能出現倒退，但終將走向巔峰，從而進入一個更高級的階段。

春秋戰國時期，諸子争鳴，百花齊放，從而建立了中國的各類學術思想體系。這些學術思想體系的誕生，爲之後兩千多年中國學術思想的發展定型，創制基本架構。從西漢開始，儒學確立統治地位，隨之而來的是以經學、文學、史學爲代表，逐漸開始微觀化研究、實踐、發展，在不斷融合外來文明的同時，持續補正、深化本民族的本體學術思想體系。在此期間，漢代、唐宋、明代可稱爲代表，而清代則登峰造極，把中國傳統學術思想體系從各個方面全面梳理、歸納、綜覈。到清末民初，近代思潮勃興，中國學術思想體系進入了一個新的發展時期。

從政治制度上講，先秦以來，隨着疆域的擴張，人口的增加，經濟的發展，政治理論不斷創新、完善，新的機制、新的運行框架不斷出現，逐漸形成了適應這片遼闊土地的成熟制度，也讓以農業爲主體的中國成爲世界上的幾大强國之一。其中，漢、唐、明、清仍是代表時期。可以説，一個王朝、一個國家的興盛發達、長治久安必然伴隨着政治制度的改革和創新，而這都離不開微觀化的研究和實踐。

進入現代社會，無論是政治制度，還是學術思想體系，都隨着社會的巨大變化，社會分工的不斷細化，也都呈現出越來越微觀化的顯著特徵。

影響到對傳統文化的研究，也同時呈現出局部、行業、專題、個體性等等的微觀化趨勢。

每一次的社會進步、學術思想的繁榮，都必然出現集大成者、標志性的人物。這些人物歷來都是學者研究的重點，也是每一個人效仿的標杆。隨之而來的就是個人全集的興起。

唐宋時就有匯輯某一個人各類著作的全集出現。到明代，無論是編輯前人著作全集，還是匯編本人著作全集，亦或是編刻當代人物全集，都已經成爲那時的時尚風氣。進入清代以後，編纂家族成員全集更是幾乎成爲每一個家族的使命，也是學者的一個必然追求。這一風氣一直影響到當代中國。

“歷代全集叢刊”正是順應當代學術研究趨勢的一個選擇。

該叢刊選取唐以來在各個方面、各個時期有價值的個人著作全集，其來源有三類。一類是以往刊刻的全集，一類是過往叢書中已經全部匯集刊刻但未命名的全集，一類是我們據已刊散本匯編的個人全集。

這些全集均以影印方式出版。除了盡量選取最好、最全的版本，如有近人輯録的逸文、逸作，也盡量以附録的形式補入。

個人全集不僅是研究某一個重要歷史人物的最重要、最原始的資料，更是某一個歷史時期、某一種學術領域的代表性載體，其中往往記載了最原始的細節過程，若取一個時期衆人的記載，我們就能够還原一段歲月，因此，從某種程度上，可以説這就是一段歷史，而且是無比具象化、能引領人們身臨其中的一段歷史。

新中國以前的全集都是以個人、家族、地區性人物著作集形式小規模刊刻，尚未有大規模集成出版者。“歷代全集叢刊”也算是順應當下學術研究和社會的需求而生，或能于國學的勃興、學術的繁榮貢獻一臂之力。

編　語

歐陽修可稱作典型的古代學者，在文學、經學、史學及雜學等各個方面均有極高成就。

歐陽修所著書有《易童子問》三卷、《詩本義》十五卷、《唐書》二百五十卷、《五代史》七十四卷、《太常因革禮》一百卷、《崇文總目》十二卷、《集古録跋尾》十卷、《洛陽牡丹記》一卷等。其詩文雜著收入《居士集》、《外集》、《外制集》、《内制集》，還有《奏議》、《奏草》及雜著若幹種。南宋時，文壇盟主、與歐陽修同爲江西吉安人的周必大裒輯歐陽修詩文、遺著，編成《歐陽文忠公集》，刊行于世，亦堪稱歐陽氏全集。唯其《唐書》、《五代史》等卷帙浩繁，未收入集中。《詩本義》則有《四庫全書》本在。歐陽修的文集歷經戰亂而未失，後世陸續刊刻、注釋，遂流傳至今。今據《四部叢刊》元刻本影印。

目　録

歐陽文忠公集

四部叢刊集部

上海涵芬樓景印元刊本原書版匡高營造尺六寸三分寬營造尺四寸

歐陽文忠公文集總目

居士集五十卷

古詩三十七首　聯句三首

卷第五　文集五十五

律詩五十八首

卷第六　文集五十六

律詩七十三首

卷第七　文集五十七

律詩七十首

卷第八　文集五十八

古賦四首　辭二首

頌一首　贊一首

卷第三　文集八十四

卷第四　文集八十五

卷第七　文集八十八

内中御侍賀節詞語二首

卷第八　文集八十九

制三首　詔一十二首

敕書八首　批答六首

口宣二首　表三首

密詞一首　齋文二首

祝文一首　祭文三首

表奏書啓四六集七卷

卷第一　表奏　文集九十

表一十八首　狀五首

長短句一

卷第十八　文集一百三十二

長短句二

卷第十九　文集一百三十三

長短句三

集古録跋尾一十卷

卷第一　文集一百三十四

周　秦

前漢　後漢

卷第二　文集一百三十五

後漢

卷第三　文集一百三十六

後漢

卷第四　文集一百三十七

魏　吴

晉　宋

齊　南齊

梁　陳

後魏　東魏

北齊　後周

卷第十　文集一百四十三

唐　五代

書簡一十卷

卷第一　文集一百四十四

五十一首

卷第二　文集一百四十五

五十六首

卷第三　文集一百四十六

四十八首

卷第四　文集一百四十七

四十九首

卷第十　文集一百五十三

二十三首

附録五卷

卷第一

祭文　行狀

謚誥

卷第二

墓誌銘　神道碑

卷第三

傳

卷第四

傳

卷第五

事迹

像讚

賢哉文忠直道大節知進知退既明且哲陸贄議論韓愈文章李杜歌詩古無不長當世大儒犂家之光霽月無雲烁光澄霽昭然政通何勞鍾虡儼然望之齊世一遇萬所方喜逢坡益注　宋李端叔

惟我昭陵古乃得升死下無多國有魏古〻乃得容不多以忠風没既散高山歎見小人是嘆咨賢在是盈論靡所間其百世　宋晁悅之

廬陵歐陽文忠公年譜

真宗景德四年丁未

是歲皇考鄭國公觀爲綿州軍事推官六月二十一日寅時公生

大中祥符元年戊申

大中祥符二年己酉

大中祥符三年庚戌

是歲鄭公終於泰州軍事判官公叔父曄時任隨州推官因卜居焉公母夫人鄭氏年方二十九携公往依之遂家于隨貧無資以荻畫地教公書字

稍長多誦古人篇章使學為詩叔父後歷閬州推官江陵府掌書記仕至二千石終都官員外郎

大中祥符四年辛亥

是歲葬鄭公于吉州吉水縣瀧岡其後至和元年析吉水縣之報恩鎮置永豐縣遂隸永豐

大中祥符五年壬子

大中祥符六年癸丑

大中祥符七年甲寅

大中祥符八年乙卯

大中祥符九年丙辰

公年十歲在隨家益貧借書抄誦州南大姓李氏子好學公多遊其家於故書中得唐韓昌黎文六卷乞以歸讀而愛之爲詩賦下筆如成人都官曰奇童也它日必有重名

天禧元年丁巳

天禧二年戊午

天禧三年己未

天禧四年庚申

天禧五年辛酉

乾興元年壬戌

二月仁宗即位

天聖元年癸亥

是歲公應舉隨州試左氏失之誣論其略云石言于晉神降于莘內蛇鬬而外蛇傷新鬼大而故鬼小人已傳誦坐賦逸官韻黜

天聖二年甲子

天聖三年乙丑

天聖四年丙寅

公年二十自隨州薦名禮部

天聖五年丁卯

是春試禮部不中

天聖六年戊辰

是歲公携文謁胥學士偃於漢陽胥公大奇之留置門下冬携公泛江如京師

天聖七年己巳

是春公從胥公在京師試國子監為第一補廣文館生秋赴國學解試又第一

天聖八年庚午

正月試禮部翰林學士晏公殊知貢舉公復為第一三月御試崇政殿公甲科第十四名五月授將

仕郎試祕書省校書郎充西京留守推官制誥前鄉貢進士歐陽某右可特授將仕郎試祕書省校書郎充西京留守推官替仲簡來年二月滿闕候見任官月限滿日即得赴任敕前鄉貢進士邵景先等咸以鄉舉踐于貢闈屬親校於藝文俾各升於科級特假讎書之秩式增結綬之榮鄭縣佐僚各分其任宜思易勵無曠乃官可依前件知制誥陳從易行

天聖九年辛未

三月公至西京錢文僖公惟演為留守幕府多名士與尹洙師魯梅堯臣聖俞尤善日為古文歌詩遂以文章名冠天下初胥公許以女妻公是歲親迎于東武

明道元年壬申

是春及秋兩遊嵩嶽秋蓋從通判謝絳奉御香告廟也禮畢同遊五人皆見峭壁大書神清之洞詳見附録後謝希深與梅聖俞書公又嘗行縣視旱蝗

明道二年癸酉

正月以吏事如京師因省叔父于漢東三月還洛夫人胥氏卒時生子未踰月九月莊獻劉后莊懿李后祔葬定陵公至鞏縣陪祭十二月進階承奉郎

景祐元年甲戌

三月西京秩滿歸襄城五月如京師會前留守王

文康公曙入樞府薦召試學士院閏六月乙酉授宣德郎試大理評事兼監察御史充鎮南軍節度掌書記館閣校勘【制詞】勅前西京留守推官承奉郎試秘書省校書郎歐陽某辭擅菁英性推醇茂早登名於仕旅遂從辟於賓筵而楙學逾惇參籌有裕眷吾樞近嘗以薦論逮課試之爰來固辯麗之可獎宜預屬書之列仍遷管記之資仕服清階善持素履可特授宣德郎試大理評事兼監察御史充鎮南軍節度掌書記館閣校勘【李淑行】三館秘閣所藏書多脱謬七月甲辰詔委官編定倣開元四部著爲總目公預焉是歲再娶諫議大夫楊公大雅女

景祐二年乙亥

是歲七月公同産妹之夫張龜正死于襄城謁告

視之九月夫人楊氏卒

景祐三年丙子

公年三十是歲天章閣待制權知開封府范仲淹言事忤宰相落職知饒州公切責司諫高若訥若訥以其書聞五月戊戌降爲峽州夷陵縣令敕【詞】鎮南軍節度掌書記宣德郎試大理評事兼監察御史館閣校勘歐陽某屬以藝文擢參讎校固當宿業以荷育材近者范仲淹樹黨背公鼓讒疑衆自干典憲爰示降黜爾託附有初詆欺罔畏妄形書牘移責諫臣恣陳訕上之言顯露朋姦之迹致其奏述備見狂邪合寘嚴科用警媮俗尚矜包荒之念秪從貶秩之文往字吾民無重前愆可降授守峽州夷陵縣令替劉光裔令年七月成資闕數官如故仍放謝辭【柳植行】

公自京師沿汴絶淮泝江奉母夫人

赴縣所十月至夷陵

景祐四年丁丑

三月謁告至許昌娶薛簡肅公奎女是夏叔父都

官卒九月還夷陵十二月壬辰移光化軍乾德縣

令制詞敕宣德郎守峽州夷陵縣令歐陽某以懿辭決科以敏智從事薦承俊選參校祕文偶弗慎於言階迺自貽於官譴逮沿遐牒亦既逾年宜遷通邑之良且寄字人之劇余方甄録爾尚勉勤可特授守光化軍乾德縣令替張宗尹來年三月成資闕散官如故仍放謝辭王堯臣行

寶元元年戊寅十一月改元

三月赴乾德是歲胥夫人所生子夭

寶元二年己卯

二月，知制誥謝希深絳出守鄧州，梅聖俞將宰襄城，與希深偕行。五月，公謁告往會，留旬日而還。六月甲申，復舊官，權武成軍節度判官廳公事。

制詞 降授宣德郎、守光化軍乾德縣令歐陽某右可特授試大理評事兼監察御史，充鎮南軍節度掌書記，權武成軍節度判官廳公事，替節度推官趙咸寧來年二月滿闕，散官如故，仍放謝辭。勑前降授崇信軍節度掌書記、監郢州酒稅務、朝奉郎、試大理評事兼監察御史尹洙等，嚮者咸以儒才籍于文館，旋坐朋游之累，自羅降謫之科，載軫淹沉，特推甄敘。或朝閨復秩，分寄於縣章；或府幕參謀，差冠於實序。往虔予命，彌慎爾為。可依前件。**王舉正行**

公自乾德奉母夫人待次於南陽，冬，暫如襄城。

康定元年庚辰 二月改元

是春赴滑州時范文正公起爲陝西經略招討安撫使辟公掌書記辭不就六月辛亥召還復充館閣校勘仍修崇文總目十月轉太子中允制詞勅鎮南軍節度掌書記宣德郎試大理評事兼監察御史充館閣校勘歐陽某朕意尚儒雅博考辭藝使優游並進以光我太平之業思亦學矣爾往參典校屬以事譴會從薦引復敍官樂方思拔擢而用寧限陞遷之次宮坊美秩州府清塗嘉乃雋才尚勗來譽可特授守太子中允依舊館閣校勘散官如故聶冠卿行癸巳同修禮書是歲子發生

慶曆元年辛巳

五月庚戌權同知太常禮院以見修崇文總目辭許之八月乙酉許州對公事回依舊供職曾孫建世編年

載此未詳十一月丙寅祀南郊攝太常博士引終獻十二月加騎都尉**制詞**勑夫三靈之交莫盛乎太蔟四海以職畢奉于嚴禋還御端闈均慶緜寓翔待時髦之地兼清儒館之游宜被徽章以甄英緻宣德郎守太子中允充館閣校勘歐陽某雅材毓秀吉履敦方副妙簡於石渠紬祕文於天祿列于俊數光是珍群屬此推恩遞增勳級益厲夙秉庸對寵嘉可加騎都尉餘如故**吳育行**己丑崇文總目成改集賢校理

慶曆二年壬午

正月丁巳考試別頭舉人三月丙辰御試進士應天以實不以文賦公擬進一首賜敕書獎諭四月丙子復差同知禮院契丹遣泛使求關南地宰相

吕夷簡薦富弼報聘人皆危之公上書引顔真卿使李希烈事乞留弼不報五月復應詔上書極陳弊事八月請外九月通判滑州十月上

慶曆三年癸未

是歲仁宗廣言路修政事人多薦公宜爲臺諫三月召還癸巳轉太常丞知諫院制詞宣德郎守太子中允充集賢校理騎都尉歐陽某右可特授守太常丞依舊充集賢校理知諫院事散官勳如故勑國家廣闢言路崇設諫垣擇方嚴之盡臣登諍議之清列素尤重眷懷亦深向非練達民彝精詳國體利權不能易所守貴勢無以搖其心則安可以厥清芬補予闕政以爾朝奉郎侍御史判三司都理欠司輕車都尉賜緋魚袋魚周詢等風猷鯁亮器範沖深並蘊博古之文皆擢忝髦之選清心莅局交負幹才

議事飛章第揚風采僉詢朝論亟簡朕心宜進官聯往參諫列爾其勤乃節行勵于忠誠姑務謇諤誇之辯數陳而亡撓豈宜持庸庸之計畏避以自安勉膺寵光式遲明効可依前件【孫抃行】四月至京九月戊辰賜緋衣銀魚己巳同詳定國朝勳臣名次丙戌同修三朝典故十月戊申擢同修起居注十二月己亥召試知制誥公辭辛丑有旨不試宜以右正言知制誥仍供諫職【制詞】勑夫出納朕命裁成典誥號令風采布爲法度所以炳煥皇業羽儀近著匪我俊乂曷膺是選宣德郎守太常丞充集賢校理同修起居注知諫院事騎都尉賜緋魚袋歐陽某高才敏識照於當世特立不倚拔乎其倫秉心粹中履道夷坦學探系象之表文窮述作之源而自抱槧書林簪筆螭陛詞皆體遠慮不及私俾之代言必能復古用進七人之列遂參四禁之嚴豈惟存陛斷自余志其於發揮藻潤之業坦明深

厚之體皆汝素藴不煩訓詞可特授右正言知制誥依舊修起居注知諫院事散官勳賜如故李宥行丁未同詳定編敕是月立春祭西太一宮為獻官尋例賜紫章服

慶曆四年甲申

三月庚午兼判登聞檢院四月乙未押伴契丹賀生辰人使御筵於都亭驛己亥命公使河東計度廢麟州及盜鑄鐵錢并礬課虧額利害七月還京師八月甲午保州軍叛契丹聲言討西夏癸卯除公龍圖閣直學士河北都轉運按察使制詞宣德郎行右正言知制誥騎都尉賜紫金魚袋歐陽某右可特授依前行右正言充龍圖閣直學士河北諸州水陸

計度都轉運按察使兼西路營田都大制置屯田本路勸農使替張昷之散官勳賜如故勑朝奉郎守尚書禮部郎中知制誥知兗州軽車都尉賜紫金魚袋梁適等四方有事才者當為國家馳鶩矣自夏人之不賓于廷而王師外戍天下共其勞夫侍從近列得無同我此憂者歟爾等並以才名器略為時英俊凡予所以擢爾清切之禁延閣憲臺蓋備艱虞以為用也三城西路之津會中山北道之吭喉河朔委輸事任尤重靈昌河上至于平陽皆方面之要害朝廷所屬意處也各遷近職于蕃于宣王室之勤以慰予望可依前件張方平行

九月三朝典故成書以公嘗預編纂賜詔獎諭十一月南郊恩進階朝散大夫封信都縣開國子食邑五百戶

制詞勑三年而郊所以答天地尊祖考懷柔于百神福惠于庶邦使生生之類罔不滋殖則吾左右近着宜乎首被凱澤者矣以爾河北都轉運按察使龍圖閣直學士宣德郎行右正言騎都尉賜紫金魚袋歐陽某學有師法言無

畏避轍辭翰於西掖董賦輿於北道而能計國用
詳邊謀擿吏姦舒民困才識參用搢紳所推令嚴
禋成百禮具有司其申講舊典導宣明命峻之階
品增之封邑以均禧祉以對勤藎以永朝家之休
可特授朝散大夫依前行右正言充龍圖閣直學
士河北都轉運按察使特封信都縣開國子食邑
五百户勳賜如故
仍放朝謝　孫抃行

慶曆五年乙酉

是春眞定帥田況移秦州公權府事者三月時二
府杜正獻范文正韓忠獻富文忠公以黨論相繼
去公上書辨之小人素已憾公會公孤甥張氏犯
法諫官錢明逸因以財產事及公下開封鞫治府
尹楊日嚴觀望傳會上命户部判官蘇安世入内

供奉官王昭明監勘得無他八月甲戌猶落龍圖閣直學士罷都轉運按察使降知制誥知滁州制詞

敕夫賞不遺功罰不阿近有邦之彝典也河北都轉運按察使龍圖閣直學士朝散大夫行右正言騎都尉信都縣開國子食邑五百户賜紫金魚袋歐陽某博學通贍衆所見稱言事感激朕嘗寵用而乃不能淑慎以遠罪辜知出非已族而鞠於私門知女有室歸而納之羣從讙以訟起成家之獄語連張氏之貲券既弗明辨無所驗朕以其久參近侍免致深文止除延閣之名還序右垣之次仍歸漕節往布郡條體予寬恩思釋前咎可落龍圖閣直學士特授依前行右正言知制誥散官勳封賜如故仍就差知滁州軍州兼管内勸農使替趙良規及放謝辭楊察行十月甲戌至郡是歲子奕生

慶曆六年丙戌

公年四十自號醉翁

慶曆七年丁亥

十二月以南郊恩加上騎都尉進封開國伯加食邑三百户〔制詞〕勑朕禮天事神以祈生民之佑尊祖親考以席鴻基之隆爰釐齋明仰膺顧諟乃眷近侍宜均恩典朝散大夫行右正言知制誥騎都尉信都縣開國子食邑五百户賜紫金魚袋歐陽某詞藻敏麗風韻俊豪參列諫垣蔚有敢言之節褒陞詞禁茂昭華國之文委任素煩安靜攸處屬修大祀俾洽蕃休特疏勲爵之儀並厚邑封之數中外之寄待遇無殊深體柬求勉敦業履可特授依前行右正言知制誥加上騎都尉進封開國伯食邑三百户散官賜如故仍放朝謝〔[illegible]〕

〔續添〕是歲子棐生

慶曆八年戊子

閏正月乙卯，轉起居舍人，依舊知制誥，徙知揚州。

制詞勑勤求治道，優延近著。粤惟詞禁之彦，久布外邦之政，特推渥洽，蓋示眷懷。朝散大夫、行右正言、知制誥、知滁州、上騎都尉、信都縣開國伯、食邑八百户、賜紫金魚袋歐陽某，智慮淹通，文藻敏麗，善談當世之務，旋登近侍之班。向直内閣之嚴，寔分北道之寄，爰司方郡，屢易周星。軫予意而良深，俾官儀而叙進。記言動者，良史之筆，授之以清階；督淮海者，廣陵之區，委之以會府。仍司雅誥，尚遠濬垣。當欽待遇之榮，益務端莊之節。遲聞美績，用對寵靈。可特授行起居舍人、知制誥、知揚州軍州事、兼管内堤堰橋道勸農使，替張奎。散官勳封賜如故，仍放謝辭。述顔句二月庚寅至郡。

皇祐元年己丑

正月丙午，移知潁州。二月丙子至郡，樂西湖之勝將卜居焉。四月丙戌，轉禮部郎中。【制詞】敕群臣有常以善道益吾者，今雖在外，吾不忘也。事任有期，既未得即還左右，且進升其官秩，亦足表待遇之意焉。朝散大夫、行起居舍人、知制誥、知潁州、上騎都尉、信都縣開國伯、食邑八百戶、賜紫金魚袋歐陽某，頃用文詞登朝，居諫諍之任，屢以謇諤之言陳闕失。朝奉郎、尚書工部員外郎、直龍圖閣、知亳州、上騎都尉、賜紫金魚袋王洙，往由經藝入侍，備顧問之職，嘗以博洽之學裨見聞。間緣薄疵，並領外寄，嚴助守藩，久去承明之直；望之懷闕，應有本朝之思。吾嘉才猷，寔用矜爾，爰各遷於品秩，俾仍須於數條。行將召生，無曰留滯。詩曰：「心乎愛矣，遐不謂矣。」其務漑慎，體茲睠懷。脩可特授尚書禮部郎中，依前知制誥、知潁州，散官、勳、封、賜如故，仍放朝謝。洙可特授尚書刑部員外郎，依前直龍圖閣、知許州軍州兼管內提堰橋道勸農事及管勾開治溝洫河道事，替宋祁，散官、勳、賜如故，仍放謝辭。【李絢行】八月辛未，復龍圖閣直學士。【制詞】敕思文先朝游心仕籍，因層構之建設近職之華所以寵名儒訪治道我圖俊舊之望時惟鯁亮之姿差進禁聯胥協公議翰林侍讀學士朝散大夫右諫議大夫知揚州騎都尉岐山縣開國子食邑五百户賜紫金魚袋楊察精明博洽端粹正方擢在禁林復與謨而歸厚寘之憲府奥論議而不阿朝散大夫尚書禮部郎中知制誥知穎州上騎都尉信都縣開國伯食邑八百户賜紫金魚袋歐陽某識遠才長文高行潔篤於信道不讀非聖之書忠於本朝屢條當世之務並膺左右之選歷宣内外之勞峻節弗渝公議彌勝用進袐圖之拜且光舊物之還推乃名臣敷于茂典爾身在外朕心弗忘嘉蚌來忠勿懲前事察可特授依前右諫議大夫充翰林侍讀學士兼龍圖閣學士依舊知揚州散官勳封賜如故仍放朝謝脩可特授依前尚書禮部郎中充龍圖閣直學士依舊知穎州散官勳封賜如故仍放朝謝**胡柯**是歲子辯生

皇祐二年庚寅

七月丙戌改知應天府兼南京留守司事己酉至府十月己未明堂覃恩轉吏部郎中加輕車都尉

制詞

敕朕聞王者尊其考欲以配天緣考之意故推而上於祖朕奉若斯義乃以季秋之選肇禋于大寢禮備法物樂和八音三后上帝亦既顧饗六服群辟罔不蒙氣眷言祕近之列方殿股肱之郡天地之福其可不均以爾樞密直學士朝散大夫右諫議大夫上騎都尉京兆郡開國侯食邑一千戶賜紫金魚袋田況懷誠秉彝博見彊志以爾龍圖閣直學士朝散大夫尚書禮部郎中上騎都尉信都縣開國伯食邑八百戶賜紫金魚袋歐陽某議論據古忠正無私並為當世之宗精究百家之術施之政事罔干譽而從欲立於朝廷不阿尊而事貴風動全蜀潤流京師古者因禘以發爵祿所以尊廟而貴命況合宮之事哉左省瑣闥之嚴中臺宰禹之重憖爾述職推吾新書往哉生生承此褒崇況可特授給事中依前充樞密直學士加輕車都尉散官封賜如故仍放朝謝牒可特授尚書

吏部郎中依前充龍圖閣直學士加輕車
都尉散官封賜如故仍放朝謝呂秦行 是歲約

梅聖俞買田於潁

皇祐三年辛卯

皇祐四年壬辰

三月壬戌丁母夫人憂歸潁州四月起復舊官公

固辭八月許之

皇祐五年癸巳

八月自潁州護母喪歸葬吉州之瀧岡胥揚二夫

人祔焉是冬復至潁

至和元年甲午 三月改元

五月服闋除舊官職赴闕（制詞）勑人臣之大節曰忠與孝然處之者或過不及故先王設禮以為之制喪者不呼其門盡為子之志也外除而從政即為臣之道也前龍圖閣直學士朝散大夫尚書吏部郎中輕車都尉信都縣開國伯食邑八百户賜紫金魚袋歐陽某以文章直亮推居近侍以才略器幹屢更劇任自罹家難歸伏閭里今祥禫甫畢賁然斯來文昌清曹撝秘職皆爾舊秩往服新命唯是移孝資忠之義爾其欽哉可特授尚書吏部郎中充龍圖閣直學士散官勲封賜如故（蔡襄行）六月癸巳朝京師乞郡不許七月甲戌權判流內銓會小人詐為公奏請汰內侍其徒怨怒以胡宗堯不當改官事中公戊子出知同州判吏部南曹吳充為公辨明不報知諫院范鎮一再極言而參知政事劉沆方提舉修唐書亦乞

留公修書。八月丙午，沆拜相。戊申，詔公修唐書。九月辛酉，遷翰林學士。制詞：敕帝王之制，坦然明白，言必資才哲。龍圖閣直學士、朝散大夫、尚書吏部郎中、輕車都尉、信都縣開國伯、食邑八百户、賜紫金魚袋歐陽某，言忠信，行篤恭，文參典謨，心固金石。頃在諫列，以直誠盡規，彌縫袞闕；遷登禁省，以深詔大冊，振起國風；出按朔垂，罷守列郡；免喪還次，即懃外補。朕嘉其難進易退，有賢者之節；又文學舊老，宜居禁中。是用延登玉堂，典司翰墨。僉謂四友，咸曰得人。當使炳焉之風，弗獨漢通三代也。可特授依前尚書吏部郎中、知制誥，充翰林學士，散官勳封賜如故。王珪行。壬戌，兼史館修撰。制詞：敕古者左史記動，右史記言，得失形於一朝，榮辱見於千載。今而墨筆操牘，總二職之美者，不在吾儒雅之臣乎？翰林學士、朝散大夫、尚書吏部郎中、知制誥、刊修唐書、輕車都尉、信都縣開國伯、食邑八百户、賜紫金魚袋歐陽某，學際道真，文得天粹，凛然風節，足爲世範，休有議論實惟王體柬中外之衆務在夷險而一心益知汝賢權司內命宣特屬文章以煩爾蓋將洽謀慮以爾子復此兼榮亦非貳事夫一家之法傳信於方來萬世有辭垂裕於不朽尚賴良直以永休明往服茂恩奚假多訓可特授依前尚書吏部郎中知制誥充史館修撰仍舊翰林學士刊修唐書散官勳封賜如故綸綍行又差勾當三班院十月乙巳朝饗景靈宮天興殿攝侍中捧盤取水十二月庚戌臘饗孝惠孝章淑德章懷皇后廟攝太尉行事

至和二年乙未

三月同孫抃考試諸司寺監人吏六月己丑上書論宰相陳執中已而乞外改翰林侍讀學士集賢殿修撰出知蔡州侍御史趙抃知制誥劉敞上疏

留公七月戊午復領舊職八月辛丑假右諫議大夫充賀契丹國母生辰使將持送仁宗御容會虜主殂癸丑改充賀登位國信使十二月庚戌宿虜界松山

嘉祐元年丙申九月改元

公年五十二月甲辰使還進北使語録閏三月丁亥判太常寺兼禮儀事孟夏薦饗攝太尉行事五月癸未知通進銀臺司兼門下封駮事乙未免勾當三班院六月甲子奉勑祈晴醴泉觀八月壬戌知益州張方平除三司使甲子詔公權發遣三司

公事以俟其至而命李淑代知銀臺司乙亥車駕詣景靈宮朝拜天興殿充贊導禮儀使又朝謁眞宗及章懿太后神御殿攝太常卿九月辛卯大慶殿行恭謝禮爲贊引太常卿禮成加上輕車都尉進封樂安郡開國侯加食邑五百户

制詞

勑施厚而報豐維人之常誠至而禮簡事天之宜朕承先烈之丕基祗畏勤紹弗敢荒寧宣勞維救於昭降康四海萬靈莫不厎豫念所以報必竭其誠迺即太寢之嚴躬尚質之享欽翼虔共陶匏以薦合祛大神示格于祖考明靈降監休應顯孚膺受福釐均自近始翰林學士朝散大夫尚書吏部郎中知制誥充史館修撰判太常寺兼禮儀事輕車都尉信都縣開國伯食邑八百户賜紫金魚袋歐陽某文字復于古雅正直邁于倫類辨論堅確救時爲心在涅不淄湜湜自信倚其演潤故置諸內署藉其才識故付

之史筆賴其謀用故試之大計沛有餘地左右咸宜熙事思成相儀克允峻其勳等埤厥賦封尚體予衷以孚邦家于休可特授依前尚書吏部郎中知制誥史館修撰充翰林學士加上輕車都尉進封樂安郡開國侯食邑五百户散官勳賜如故差遣依舊 吴奎行

十二月被差押伴契丹賀正旦人使御筵於都亭驛

嘉祐二年丁酉

正月癸未權知禮部貢舉賜御書文儒二字乙巳磨勘轉右諫議大夫 制詞 勑禁密之重朝廷所優率從四歲之常俾進兩官之次示異等於踈品表殊恩於邇臣推意之明在予則至顯忠之報惟汝爲深援受之間善美良盡翰林學士朝散大夫尚書吏部郎中知制誥充史館修撰判太常寺兼禮儀事上輕車都尉樂安郡開國侯食邑一千三百户賜紫金魚袋歐陽某風誼醇篤謀猷淺明憂天下之心物議許其忠勁徇國

家之急厥志知其勇爲翔夫純體之文辭有雅從之氣特立于世能同於人姑用藏勞升爲諫長未厭搢紳之望徒收翰墨之長亦爲爾承當益章大可特授右諫議大夫依前知制誥史館修撰充翰林學士散官勳封賜如故差遣依舊仍放朝謝吳本衍三月癸卯爲狄青發哀苑中攝太常卿六月丙寅福康公主進封兖國公主七月壬午命公攝禮部侍郎以印授冊使乙未兼判尚書禮部九月己卯兼判祕閣祕書省十一月辛巳權判史館丙申權知審刑院候胡宿回依舊辛丑兔十二月辛亥權判三班院癸亥權奉安明德元德章穆三后御容於啓聖院車駕行酌獻禮充禮儀使是月被差押伴契丹賀正旦人使

御筵於都亭驛

嘉祐三年戊戌

正月壬午上幸興國寺及啓聖院朝謁太祖太宗神御殿攝太常卿二月癸卯契丹遣使告其國母哀差公館伴三月辛未兼侍讀學士以貧多固辭不拜癸未充宗正寺同修玉牒官甲午同陳旭考試在京百司等人六月庚戌加龍圖閣學士權知開封府制詞勑京邑翼翼四方是則商頌之明訓也朕念夫神皐奥區大衆所聚俗有五方之異吏有百司之繁貴近豪猾輕犯法禁追覈則已苛細寬縱則有撓紛尹正之才不止争決事無留當官有守而已維其明智足以照物厚重足以鎮浮先事以銷其萌芽臨文以破其機械俾夫下

國有以依放，則庶幾乎古之治矣。翰林學士朝散大夫右諫議大夫知制誥充史館修撰充宗正寺修王牒官刋修唐書判太常寺兼禮儀事兼判尚書禮部兼判秘閣秘書省上輕車都尉樂安郡開國侯食邑一千三百户賜紫金魚袋歐陽某，道德仁義，固其深藴；文學政事，綽乃兼長。老於詞禁之中，未愜搢紳之望。今詳試以煩劇，命以尹釐于浩穰，寵以延閣之拜，優以京輔之授。爾其念古訓而用乂，毋曰時異稍艱乎施設也。可特授依前右諫議大夫知制誥史館修撰充翰林學士兼龍圖閣學士權知開封府兼畿内勸農使，仍舊刋修唐書，兼判秘閣秘書省，散官勳封賜如故。**吳奎行**

嘉祐四年己亥

二月戊辰，免開封，轉給事中，同提舉在京諸司庫務。**制詞**：勑：漢制給事中日上朝謁，平尚書奏事，近世所職雖異，而其親近左右，爲最要密，非得端士不以付焉。以爾翰林學士兼龍圖閣學士朝散大夫右諫議大夫知制誥充史館修撰刋修唐書兼判秘閣秘書省上輕車都尉樂安郡開國侯食邑一千三百户賜紫金魚袋歐陽某性資純良識用明果直道自奮至忠不回向自禁林尹正京邑推抑權幸崇奬善良獄訟簡飾幾至無事方此眷賴以圖靖嘉而遹屢形奏封求請便郡朕惟亮正之益不可使遠外而煩劇之任宜有以均勞延登瑣闈以備顧問爾其祇服朕意焉可特授給事中依前知制誥史館修撰充翰林學士兼龍圖閣學士提舉在京諸司庫務仍舊刊修唐書兼判秘閣秘書省散官勳封賜如故范鎮行是月充御試進士詳定官賜御書善經二字四月丁卯奏告今冬太廟親行祫饗之禮癸酉孟夏薦饗並攝太尉行事丙子兼充群牧使六月甲申删定景祐廣樂記九月丁酉奉勑祈晴相國寺十月壬申車駕朝饗景靈宫癸酉祫饗太廟並攝侍中行事

丁丑加護軍食實封二百户制詔勑王道之最盛者莫如宗廟宗廟之至重者莫如大袷朕祗率舊禮勑執祀事神人以和祖考來格此皆辟公卿士肅雍顯相之効也紹祉之流朕安敢專翰林學士兼龍圖閣學士朝散大夫給事中知制誥充史館修撰判修唐書兼判秘閣秘書省兼充群牧使上輕車都尉樂安郡開國侯食邑一千三百户賜紫金魚袋歐陽某清識崇議搢紳之表醇文懿行名世之選此所以增朝廷之光參瑚璉之器詩不云乎左右奉璋髦士攸宜夫熙事休成惠澤廣被則賢者宜先矣敘升書勳之籍真食加田之賦於以均七廟之慶慰萬夫之望其庶幾乎可特授依前給事中知制誥史館修撰充翰林學士兼龍圖閣學士加護軍食實封二百户散官封賜差遣如故劉敞行

嘉祐五年庚子

四月丁卯孟夏薦饗太廟攝太尉行事七月戊戌

上新修唐書二百五十卷庚子推賞轉禮部侍郎

制詞

勑古之爲國者法後王爲其近於己制度文物可觀故也唐有天下且三百年明君賢臣相與經營扶持之其盛德顯功美政善謀固已多矣而史官非其人記述失序使興壞成敗之迹晦而不章朕甚恨之故擇廷臣筆削舊書勒成一家翰林學士兼龍圖閣學士朝散大夫給事中知制誥充史館修撰判修唐書兼判秘閣秘書省兼充羣牧使護軍樂安郡開國侯食邑一千三百戶食實封二百戶賜紫金魚袋歐陽某端明殿學士兼翰林侍讀學士龍圖閣學士朝請大夫守尚書吏部侍郎充集賢殿修撰知鄭州上柱國常山郡開國公食邑二千三百戶食實封陸百戶賜紫金魚袋宋祁創立統紀裁成大體朝散大夫尚書禮部郎中知制誥充集賢殿修撰糺察在京刑獄兼權判尚書工部充宗正寺修玉牒官騎都尉高平縣開國男食邑三百戶賜紫金魚袋范鎮朝奉郎守尚書刑部郎中知制誥同勾當三班院上輕車都尉賜紫金魚袋王疇三司度支判官朝奉郎太常博士

充集賢校理編修唐書官上騎都尉賜緋魚袋宋敏求，闓羅遺逸，厥協異同，凡十有七年，大典乃立。閎富精覈，度越諸子矣。皆籍有功，朕將據古鑒今，以文時治，爲朕得法，其勞不可忘也。皆遷秩一等，布其書天下，使學者咸觀焉。脩可特授守尚書禮部侍郎，依前知制誥、史館修撰，充翰林學士，散官、差遣、勳封、食實封、賜如故。祁可特授守尚書左丞，依前集賢殿修撰，充端明殿學士兼翰林侍讀學士、龍圖閣學士，散官、差遣、勳封、食實封、賜如故，仍放朝謝。鎮可特授尚書吏部郎中，依前知制誥，充集賢殿修撰，散官、差遣、勳封、賜如故。疇可特授守尚書右司郎中，依前知制誥，散官、勳賜、差遣如故。敏求可特授尚書工部員外郎，依前集賢校理，充三司度支判官，散官、勳、賜如故。劉敞行

九月丁亥兼翰林侍讀學士制詞

勑：夫堯舜稽治之至，莫重於稽古，蓋順考前緒，以施有政，故其聖功大烈，後世無以逾焉。朕睎風於既往，求理於當之，留神典冊，用資聰明，務延道後之老，以爲勸講之益。進讀左右，尤任賢碩。翰林學士兼龍圖閣學士、朝散大夫、守尚書禮部侍郎

知制誥充史館修撰判祕閣祕書省兼充羣牧使護軍樂安郡開國侯食邑一千三百户食實封一百户賜紫金魚袋歐陽某業履夷直懷負忠亮雄辭與學高視前哲讜議精識推爲國器方且權處禁近以襄大猷登預經閣庶幾自輔夫維善言古必驗于今援史傳經爾其無讓可特授依前守尚書禮部侍郎知制誥史館修撰充翰林學士兼侍讀學士散官差遣勳封食實封賜如故【王疇行】

十月庚午下元節車駕朝拜景靈宫天興殿朝謁眞宗及章懿太后神御殿攝侍中十一月辛丑拜樞密副使加食邑五百户食實封二百户

【制詞】勑夫詩美吉甫以有文武故賢特之士無施不可朕惟天下之重兵本之寄委于廓廟之臣責其講畫之用則待遇之意付界之際敢不慎乎苟非材英豈易圖任翰林學士兼侍讀學士朝散大夫守尚書禮部侍郎知制誥充史館修撰護軍樂安郡開國侯食邑一千三百户食實封二百户賜紫金魚袋歐陽

其學通古今之宜性符履道之直議論明正懷負
高爽久居禁近之從屢更中外之事選所踐試悉
著聲實今樞筦之地籌勝是經擁貳大猷適竚休
續惟公忠可以成務惟寅亮可以就功往其慎哉
無廢朕命可特授依前守尚書禮部侍郎充樞密
副使加食邑五百户食實封二伯户散官勳賜如
故【國】【時行】甲寅同修樞密院時政記十二月被差押伴
契丹賀正旦人使御筵於都亭驛

嘉祐六年辛丑

三月戊申侍上幸後苑賞花華景亭釣魚涵曦亭
遂宴太清樓閏八月辛丑轉户部侍郎參知政事
進封開國公加食邑五百户食實封二百户公辭
轉官許之【制詞】勑夫萬務之理命令之出謀謨於堂上風行於天下使來者可觀而興言

無識者非吾二三相輔乎本兵之所號爲樞機布政之方寔繫原柢更踐大府參持衡柄向匪全德疇副此倚樞密副使朝散大夫守尚書禮部侍郎護軍樂安郡開國侯食邑一千八百戶食實封四伯戶賜紫金魚袋歐陽某識鑒明遠才猷通敏議論貫前儒之學文章擅獨步之名遍歷清華迭居中外自居重任已試異能忠言不私直道無屈是用易地且俾還官讓節逾高誠心可諒若夫禮樂未具制度未立基業未固賦用未節昔人有作後世莫能俾我有宋之治如三代盛時者亦惟吾相輔而已力行王道今也其時無謂吾不能行其同心以濟勉之哉可特授依前守尚書禮部侍郎參知政事進封開國公加食邑五百戶食實封二百戶散官勳賜如故張瓌行九月庚申同修中書時政記十二月丙戌臘享太廟攝太尉行事

嘉祐七年壬寅

正月己酉朔大慶殿朝賀攝侍中承旨宣制三月乙卯祈雨南郊攝太尉行事辛酉提舉三館祕閣寫校書籍同譯經潤文四月壬午上嘉祐編勑七月庚戌差充明堂鹵簿使九月戊申文德殿奏請致齋攝侍中奏中嚴外辦己酉朝饗景靈宮庚戌朝饗太廟並攝司徒辛亥大饗明堂己未進階正奉大夫加柱國仍賜推忠佐理功臣【制詞】勑合宮大饗明靈居歆娭告神釐蒙所勞矣一二相事之老宜均乃休朝散大夫守尚書禮部侍郎參知政事護軍樂安郡開國公食邑二千三百户食實封六伯户賜紫金魚袋歐陽某文章瑞時議辯華國進陪大政時歆倚平會資閎儀賛成孝志擁俎而命宜先近班功號崇階副之勲等往欝異數是惟典常可特授

正奉大夫依前尚書禮部侍郎參知政事加柱國
仍賜推忠佐理功臣封食實封賜如故**張士遜**

十二月丙申，上幸龍圖天章閣，召輔臣至待制、二司副使以上、臺諫官、皇子宗室、駙馬都尉、管軍，觀三聖御書。又幸寶文閣，親飛白書分賜群臣。公得雙幅大書「歲」字，下有御押，加以御寶。王珪夾題八字云：「嘉祐御札賜歐陽脩。」仍於絹尾書「翰林學士臣王珪奉聖旨題賜」名。又出御製觀書詩一首，令群臣屬和（公和篇在外集），遂宴羣玉殿。庚子，再召近臣及三館臣僚赴天章閣，觀三朝瑞物、太宗真宗御集，次赴寶文閣觀御飛白書，賜公金花牋字，復燕羣玉殿後數日公以狀進詩謝（狀在四六集 詩在居士集）按兩宴皆有賜書而實録及范蜀公東齋記事止載丙申有賜當時王岐公親奉詔為序亦不及庚子再賜而實録及序又不及館職預召惟東齋記事言之公記陸子履家藏飛白字明言羣玉殿所賜時子履任集賢校理與東齋記事合但不知是日公得何字其為金花牋則無疑然陳無己六一堂圖書詩乃云黄綃兩大字又何也韓忠獻公謝詩云鸞拂宫綃舞胡文恭公亦有謝御飛白扇子詩得非預坐者衆所賜或

不同耶實録二十三日丙申二十七日庚子而歧公序乃作戊申壬子不應差誤如此殆傳寫訛耳歧公再觀書詩黄金塗紙看揮毫又司馬温公涑水記聞亦載兩賜飛白

是月差押伴契丹賀正旦人使御筵於都亭驛

嘉祐八年癸卯

二月乙亥奉勑充沈貴妃册禮使不及行禮四月壬申

英宗即位甲戌奉勑書大行皇帝哀册謚寶甲申

覃恩轉户部侍郎進階金紫光禄大夫加食邑五百户食實封二百户仍賜推忠協謀佐理功臣勑朕受命先帝傳畀大寶始初踐阼居士民之上與二三丞輔講求天下之理恩意之所宜先老成

推忠佐理功臣正奉大夫尚書禮部侍郎參知政事柱國樂安郡開國公食邑二千三百户食實封六百户賜紫金魚袋歐陽某氣清神深學足以飾經治推忠佐理功臣正奉大夫尚書禮部侍郎參知政事柱國天水郡開國公食邑二千五百户食實封六伯户賜紫金魚袋趙槩性和識遠言足以濟成謀皆杞梓良材廟堂重器久彌亮於大本方倚平於至公尚書地官機政所出往踐厥服思所以致君堯舜之任無俾專美於前人朕所望焉脩可特授金紫光禄大夫行尚書户部侍郎依前參知政事加食邑五百户食實封二百户仍賜推忠協謀佐理功臣勳封如故槩可特授金紫光禄大夫行尚書户部侍郎依前參知政事加食邑五百户食實封二百户仍賜推忠協謀佐理功臣勳封如故

[璪行] [張] 乙酉奉勅篆受命寶其文曰皇帝恭膺天命之寶五月戊辰爲皇帝祈福於南郊攝太尉行事七月戊申押伴契丹祭弔人使御筵於都亭驛

八月癸巳奉勑篆大行皇帝謚寶其文曰神文聖
武明孝皇帝之寶十月乙酉增修太廟成命告七
室十二月庚午押伴契丹賀正旦人使御筵於都
亭驛
治平元年甲辰
四月甲午奉勑祈雨社稷閏五月戊辰特轉吏部
侍郎
制詞
勑先皇帝遺大投艱于朕躬俾守宗廟
朞年于茲惟是一二政事之臣輔朕不逮以
底于治嘉乃勞止是用疇庸推忠協謀佐理功臣
金紫光祿大夫行尚書户部侍郎參知政事柱國
樂安郡開國公食邑二千八百户食實封八百户
歐陽某精識照於古今高名起於日月文之以禮
樂濟之以公忠頃在先朝預聞大政逮予嗣訓之
始繫爾定策之先屬哀疚致之過差感疾疹之甚美

醫禱備至氣體說康苟非與在之良曷見仰成之懿宜峻天臺之秩膺昭國棟之隆褒德懋功於是乎在爾其夙夜茂勉左右弼諧用又我王家爾亦有無窮之聞豈不休哉可特授行尚書吏部侍郎依前參知政事功臣散官勳封食實封如故祖無擇行八月辛丑奉敕祈晴太社十二月壬子差押伴契丹賀正旦人使御筵於鄴亭驛

治平二年乙巳

是春上表乞外不允四月辛丑景靈宮奉安仁宗御容車駕行酌獻之禮攝侍中八月以大雨水再乞避位不允九月辛酉提舉編纂太常禮書百卷成詔名太常因革禮賜銀絹十一月庚午車駕朝

饗景靈宮辛未饗太廟壬申祀南郊攝司空行事

進階光祿大夫加上柱國食邑五百户

勑朕薦鬯清廟懷祖宗之威神廾煙紫壇致天地之明察靈心顧享與事休成臨端闈而肆霈中區奉徽號而推尊文册眷言賦政之重宜首均釐之隆推忠協謀佐理功臣金紫光祿大夫行尚書吏部侍郎參知政事柱國樂安郡開國公食邑二千八百户食實封八百户歐陽某道合誠明學窮元本被遇仁考歷休禁塗以經綸之文施於典册以直亮之節顯於嚴廊荐更四近之聯冞暢萬機之會邦經肇講朝務盍繁備公衷之華章承祭除之盛禮乃順祈福以甄爾勞進文散之崇階衍采田之多邑仍推勲賴舊與弼臣顧褒嘉而載優當圖報而毋發我有明命其懋承之可特授光祿大夫依前行尚書吏部侍郎參知政事加上柱國食邑五百户功臣封食實封如故

治平三年丙午

公年六十三月三日賜上巳宴時初頒明天曆適值丁巳是月以言者指濮議爲邪說力求去不允七月癸酉薦饗太廟攝太尉行事十二月癸未奉敕篆皇帝尊號寶其文曰體乾膺曆文武廣孝皇帝之寶乙巳押伴契丹賀正旦人使御筵於都亭驛

治平四年丁未

正月丁巳神宗即位戊辰覃恩轉尚書左丞進階特進加食邑五百户食實封二百户仍賜推忠協謀同德佐理功臣【制詞】勑在昔成王有審訓以屬於大御惟我先帝命沖人寔託

於四輔眷言涖作之始宜首懋官之恩推忠協謀佐理功臣光祿大夫行尚書吏郎侍郎參知政事上柱國樂安郡開國公食邑三千三百户食實封八百户歐陽某鯁亮發中誠明濯外文蔚典謨之體學通治亂之原弼翼兩朝燮熙萬務肆朕纂服載深仰成爰升肅於臺機示疇庸於台佐衍封增幹賜號進階衹式舊章併推異數憶荷祖宗之垂佑既嗣無疆之休賴臣鄰而協恭方求小毖之助益宣賢業茂對寵徽可特授特進行尚書左丞依前參知政事加食邑五百户食實封二百户仍賜推忠協謀同德佐理功臣勳封如故［宋敏求行］

是月御史彭思永蔣之奇以飛語汙公上察其誣斥之公力求去三月壬申除觀文殿學士轉刑部尚書知亳州改賜推誠保德崇仁翊戴功臣［制詞］

二月第三子棐登進士第

敕朕惟國之大臣毗倚於內猶同體之股肱凌雲之羽翼莫之重也至於辭隆自絜則必徇其雅志而尊

顯之蓋所以均其勞逸也方脱守丈之初而一德舊老以病自乞章數上矣其可留以佐我而徽進退之節乎推忠協謀同德佐理功臣特進行尚書左丞參知政事上柱國樂安郡開國公食邑三千八百户食實封一千户歐陽某學通本元邦之讜直名重當世士林師法絲樞機之柄任賛廊廟之全謨兩受仍凡之託益堅事上之誠踐更三朝出入八載需頭瀝懇守麾是蘄雖詔批不可而其請愈確是用進職書殿增秩秋官授符于价藩分憂於閫寄褒渥備矣書不云乎雖爾身在外乃心罔不在王室勉勤所報詎假予訓可特授行刑部尚書充觀文殿學士知亳州軍州事兼管内河堤勸農使及管勾開治溝洫河道事仍改賜推誠保德崇仁翊戴功臣散官勲封食實封如故呂夏卿行

閏三月辛巳宣簽書駐泊公事陛辭乞便道過潁少留許之五月甲辰至亳六月戊申視事

熙寧元年戊申

是歲連上表乞致仕不允八月乙巳轉兵部尚書

改知青州充京東東路安撫使制詞勑朕惟北海九州之古郡而東人之都也近世兩府出入爲均逸之地非耆德峻望不爲倚毗推誠保德崇仁翊戴功臣觀文殿學士特進刑部尚書知亳州上柱國樂安郡開國公食邑三千八百戶食實封一千戶歐陽某以文學自進以器能自任早預樞務旋參大政奏封屢上誠請益堅俾守藩方已逾歲律乃進夏官之秩往臨海岱之區一道兵農惠綏是賴肅予近服無假訓言可特授行兵部尚書依前充觀文殿學士知青州軍州事兼管內勸農使充京東東路安撫使功臣散官勳封食實封如故仍放謝辭李大臨行

九月丙申至青十一月丁亥郊祀恩加食邑五百戶食實封二百戶制詞勑朕嗣位之初祗見上帝祖考九州四海莫不來祭惟二三元老雖爾身在外乃心罔不在王室推恩行爵必先及之推誠保德崇仁翊戴功臣觀文殿學士

特進行兵部尚書上柱國樂安郡開國公食邑三千八百户食實封一千户歐陽某文章宿望左右三朝艱難之時寔賴其力進退之節不累於位股肱近鎮玉帛勤王兹朕所以推神休而疏朝寵也乃眷舊德奚煩訓辭可特授依前行兵部尚書充觀文殿學士加食邑五百户食實封二百户功臣散官勳封如故吳充行是歲築第於潁

熙寧二年己酉

三月内侍王延慶便道傳宣撫問仍賜香藥一銀合又遞賜新校定前漢書以公嘗預刋定也冬乞壽州便私計不允

熙寧三年庚戌

四月壬申除檢校太保宣徽南院使判太原府河

東路經略安撫監牧使兼并代澤潞麟府嵐石路兵馬都總管【制詞】勑國家規恢府邊並建帥領惟河汾之一道控獷狁之二垂爰咨袞路之賢往付并門之筦仍遷近府用壯與藩具官某道德文章爲時矜式謀猷忠亮預政累朝自獲解於台司已再更於郡寄委遠時柄爾雖樂於燕安尊任賢能朕豈忘於蓍蔡言大鹵方擇守臣俾從表海之邦就改近胡之鎮班通四貴所以褒寵於舊勳節制諸戎所以倚成於外閫惟爾同寅之德體予注意之隆亟即新州毋辭遠略可特授檢校太保宣徽南院使判太原府河東路經略安撫使兼并代澤潞麟府嵐石路兵馬都總管功臣散官勳封如故【蘇頌行】公堅辭不受

七月辛卯改知蔡州九月甲寅至蔡是歲更號六一居士

熙寧四年辛亥

公在蔡累章告老六月甲子以觀文殿學士太子少師致仕制詞勑朕惟左右輔弼之臣以道德自任者其去就進退莫不有義與命而朝廷優寵遇待不使之亟告老以去者非獨朕之恩典爲然亦先王之禮意故也以爾推誠保德崇仁翊戴功臣觀文殿學士特進行兵部尚書上柱國樂安郡開國公食邑四千三百户食實封一千二百户歐陽某文章學問遠足以知先王德義謀猷近足以宜當世陟降祕近踐揚兹多謇諤錄樞庭參決大政乃能熙天之命克勤王家均休外藩年德方茂而乃安于義命以禮請去至於勤懇雖朕之睠遇有加亦終不能易爾志重以先帝顧命輔朕眇躬勳勞問望顧可以無報稱哉是用度越常典以榮爾歸俾進東宫之師仍兼祕殿之職尚惟率身以善俗以助成王德惟良顯哉可持授太子少師依前充觀文殿學士致仕功臣散官勳封食實封如故仍放朝謝張瓌行七月歸潁八月將祀明堂詔赴闕陪位公上章乞免從之禮成

賜衣帶器幣牲餼

熙寧五年壬子

閏七月庚午公薨年六十六八月丁亥贈太子太師

制詞

勅大臣還官告老以高秩尊爵歸第固朝廷所禮異也朔望參預大政有兩朝定策援立之勳德甚盛而弗居年未至而辭位遽茲長逝宜厚追褒故推誠保德崇仁翊戴功臣觀文殿學士特進太子少師致仕上柱國樂安郡開國公食邑四千三百戶食實封一千二百戶歐陽某以文章華浮靡之風以道德鎮流競之俗挺節強毅而不撓當官明辯而莫奪三世寵榮一德端亮朕方將圖任舊老疇咨肅乂而雅志沖邈以期退休未閱數歲章踰十上在大義難盡其力旅勤請所以不違謂其脫去人間之累當饗期頤之壽天遽殲奪曾靡慭遺覽奏之日爲之不能臨朝儲坊六傅師惟長首舉以爲贈用紓予哀尚其有知享此嘉命可特贈太子太師

王益柔行

熙寧七年八月謚文忠謚議見附録

熙寧八年九月乙酉葬開封府新鄭縣旌賢鄉

元豐三年十二月以子升朝遇大禮贈太尉制詞勑朕齊明以祀得歆于神維顯及幽並受多祉奉議郎輕車都尉賜緋魚袋歐陽發父皇任觀文殿學士太子少師致仕贈太子太師某以高文與策冠絕譽髦以重德令名進參機要踐更事任奮發猷為諒直公忠簡於朕志逝日逾遠賢聲不忘垂裕後昆序朝通籍丁時慶賚懋錫有加尚其營魂膺此明命可特贈太尉王安禮行

元豐八年十一月贈太師追封康國公

紹聖三年五月追封兖國公制詞勑宗祀之澤充塞穹壤國之故老褒敘有章朝請郎充祕閣校理輕車都尉賜緋魚袋歐陽棐弟通直郎飛騎尉辯故父任觀文殿學士太子

少師致仕贈太師追封康國公某名世之才出應期運明於輔弼事業而以風節始終餘慶嗣人追命成國寵惟不没尚克享兹可特贈太師追封兖國公

中書舍人盛商行

崇寧三年追封秦國公政和三年追封楚國公皆以子棐遇郊恩

文忠公年譜不一惟桐川薛齊誼廬陵孫謙益曾三異三家爲詳雖用舊例每歲列其著述考文力之先後然篇章不容盡載次序寧免疑混如公曾孫建世以告勑宣劄爲編年尚多差互況餘人乎今參稽衆譜傍採史籍而取正於公之文凡居士集外集各於目録題所撰歲月而

闕其不可知者奏議表章之類則隨篇注之定爲文集一百五十三卷居士集五十卷公所定也故寘于首外集二十五卷次之易童子問三卷詩本義別行於世外制集三卷内制集八卷表奏書啓四六集七卷奏議十八卷雜著述十九卷集古録跋尾十卷又次之書簡十卷終焉考公行狀惟闕歸榮集一卷往往散在外集更俟博求別有附録五卷紀公德業此譜專敘出處詞簡而事粗備覽者當自得之慶元二年二月十五日郡人登仕郎胡柯謹記

居士集序

門人翰林學士承旨左朝奉郎知制誥兼侍讀蘇軾撰

夫言有大而非夸，達者信之，衆人疑焉。孔子曰：“天之將喪斯文也，後死者不得與於斯文也。”孟子曰：“禹抑洪水，孔子作春秋，而予距楊墨。”蓋以是配禹也。文章之得喪，何與於天，而禹之功與天地並，孔子孟子以空言配之，不已夸乎？自春秋作而亂臣賊子懼，孟子之言行而楊墨之道廢，天下以爲是（二字一作是爲）固然而不知其功。孟子既没，有申商韓非之學，違道而趣利，殘民以厚主，其説至陋也，而士以是罔其上，上之人僥倖一切之功靡然從之而世無大人先生如孔子孟子者推其本末權其禍福之輕重以救其惑故其學遂行秦以是喪天下陵夷至於勝廣劉項之禍死者十八九天下蕭然洪水之患蓋不至此也方秦之未得志也使復有一孟子則申韓爲空言作於其心害於其事作於其事害於其政者必不至若是烈也使楊墨得志於天下其禍豈減於申韓哉由此言之雖以孟子配禹可也太史公曰蓋公言黃老賈誼晁錯明申韓錯不足道也而誼亦爲之予以是知邪說之移人雖豪傑之士有不免者況衆人乎自漢以來

道術不出於孔氏而亂天下者多矣晉以老莊亡梁以佛亡莫或正之五百餘年而後得韓愈學者以愈配孟子蓋庶幾焉愈之後三百有餘年而後得歐陽子其學推韓愈孟子以達於孔氏著禮樂仁義之實以合於大道其言簡而明信而通引物連類折之於至理以服人心故天下翕然師尊之自歐陽子之存世之不說者譁而攻之能折困其身而不能屈其言士無賢不肖不謀而同曰歐陽子今之韓愈也宋興七十餘年民不知兵富而教之至天聖景祐極矣而斯文終有愧於古士亦因陋守舊論卑而氣弱自歐

陽子出天下爭自濯磨以通經學古爲高以救時行道爲賢以犯顔納說爲忠長育成就至嘉祐末號稱多士歐陽子之功爲多嗚呼此豈人力也哉非天其孰能使之歐陽子沒十有餘年士始爲新學以佛老之似亂周孔之實識者憂之賴天子明聖詔修取士法風厲學者專治孔氏黜異端然後風俗一變考論師友淵源所自復知誦習歐陽子之書予得其詩文七百六十六篇於其子棐乃次而論之曰歐陽子論大道似韓愈論事似陸贄記事似司馬遷詩賦似李白此非予言也天下之言也歐陽子諱脩字永叔既

老自謂六一居士云元祐六年六月十五日敘綿本作三年十二月是時任翰林學士

不知其功一作不可知其功納說一作納諫

此非予一有私字言也天下之一有公字言也歐陽子諱脩字永叔既老自謂一作號六一居士云綿州重刻大杭本及眉州本皆無歐陽子以下十七字六月十五日序有兩碑本其一六月作三月其序作引蓋蘇公諱序故此作敘

居士集目録

卷第一

古詩

顏跖

猛虎 景祐三年

仙草

遊龍門分題十五首 明道元年

上山　下山

石樓　上方閣

伊川泛舟　宿廣化寺

步月　　八節灘

白傅墳　　晚登菩提上方

山槎　　石笋

鴛鴦　　魚罾

魚鷹

伊川獨遊同前

三遊洞景祐四年

下牢溪同前

蝦蟇碚同前

黃牛峽祠同前

千葉紅梨花同前

金雞同前

和丁寶臣遊甘泉寺同前

送京西提點刑獄張駕部寶元元年

贈杜默康定元年

送吕夏卿慶曆二年

憶山示聖俞慶曆元年

送唐生

送任處士歸太原康定元年

聖俞會飲慶曆元年

卷第二

古詩

卷第三

古詩

遊瑯琊山慶曆六年

讀徂徠集慶曆六年

大熱二首同前

幽谷泉同前

百子坑賽龍同前

憎蚊同前

重讀徂徠集慶曆七年

汝癭答仲儀同前

滄浪亭同前

寶劍

秋晚凝翠亭慶曆六年

菱溪大石同前

送姜秀才遊蘇州寶元元年

送孫秀才慶曆六年

新霜二首同前

豐樂亭小飲慶曆七年

四月九日幽谷見緋桃盛開同前

秋懷二首寄聖俞同前

希真堂東手種菊花十月始開同前

拒霜花同前

卷第四

古詩

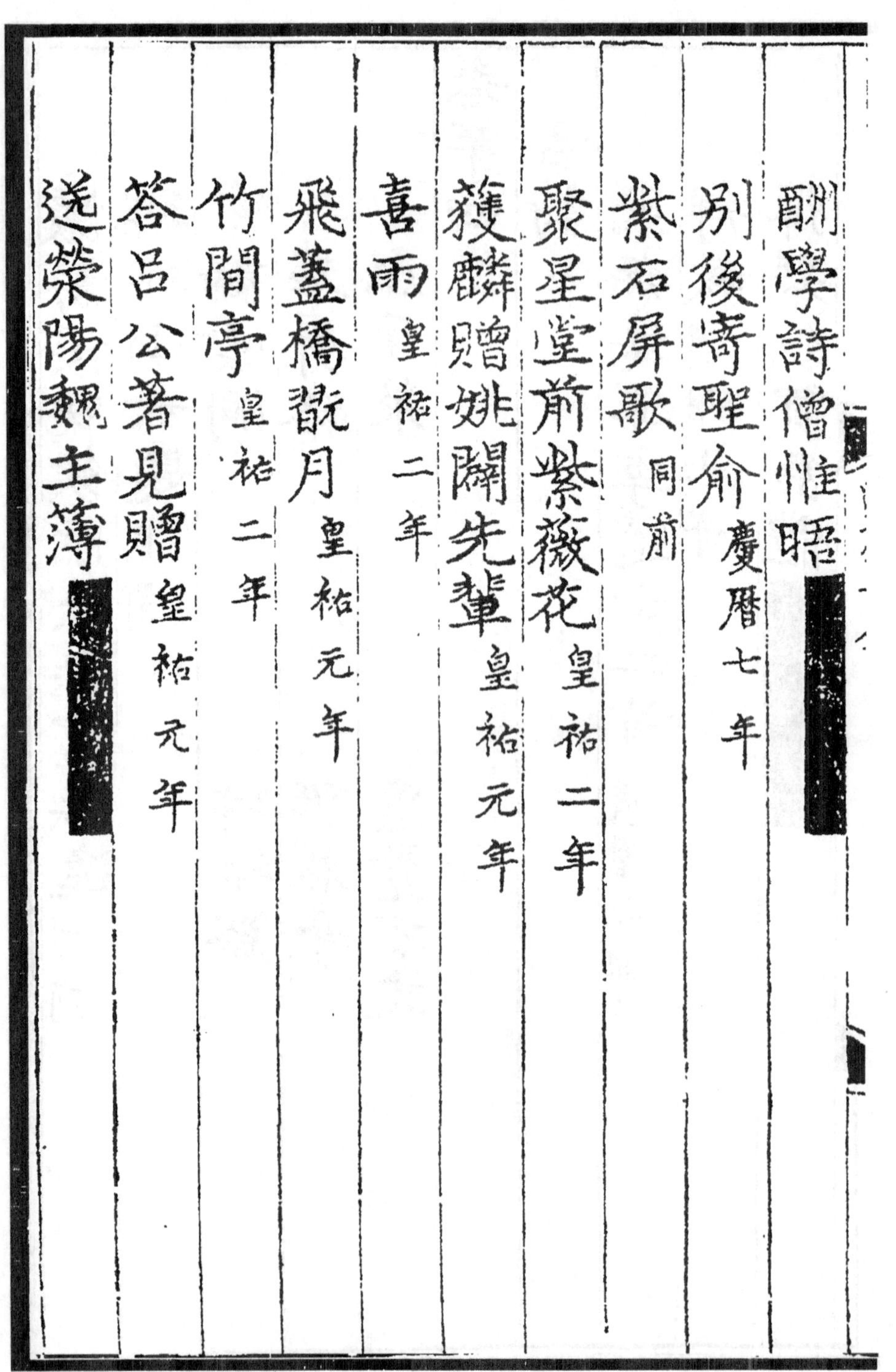

酬學詩僧惟晤

別後寄聖俞　慶曆七年

紫石屏歌　同前

聚星堂前紫薇花　皇祐二年

獲麟贈姚闢先輩　皇祐元年

喜雨　皇祐二年

飛蓋橋翫月　皇祐元年

竹間亭　皇祐二年

答呂公著見贈　皇祐元年

送滎陽魏主簿

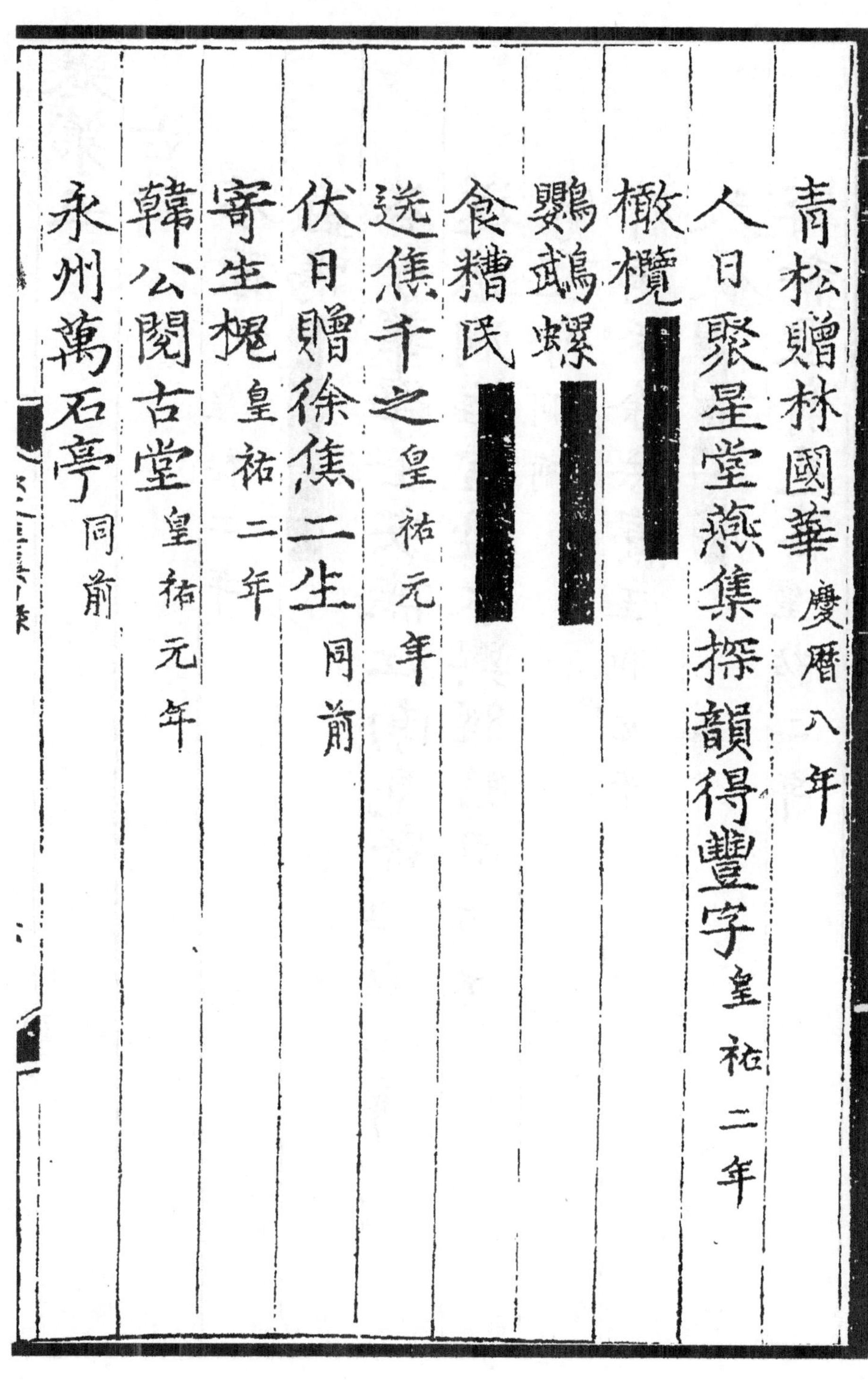

青松贈林國華 慶曆八年

人日聚星堂燕集探韻得豐字 皇祐二年

橄欖

鸚鵡螺

食糟民

送焦千之 皇祐元年

伏日贈徐焦二生 同前

寄生槐 皇祐二年

韓公閱古堂 皇祐元年

永州萬石亭 同前

卷第五

古詩

感春雜言同前

廬山高贈劉中允涣歸南康皇祐三年

送徐生之澠池至和元年

葛氏鼎

太白戲聖俞

邊戶

梅聖俞寄銀杏至和元年

與子華原父小飲坐中寄同州江十學士休復同前

述懷同前

和劉原父澄心紙至和二年

卷第六

古詩

奉使契丹道中答劉原父桑乾河見寄之作至和二年

書素屏同前

馬齧雪同前

風吹沙同前

重贈劉原父嘉祐元年

贈沈遵同前

答聖俞同前

感興五首同前

吴學士石屏歌同前

初食車螯同前

送裴如晦之吴江同前

盤車圖同前

答聖俞莫登樓嘉祐二年

答聖俞莫飲酒同前

思白兔雜言答梅公儀憶鶴之作同前

戲答聖俞同前

和梅龍圖公儀謝鷴同前

和聖俞感李花同前

折刑部海棠戲贈聖俞二首同前

刑部看竹効孟郊體同前

卷第七

古詩

贈沈遵博士歌嘉祐二年

和聖俞李侯家鴨脚子同前

送吴生南歸嘉祐五年

樂哉襄陽人送劉太尉從廣嘉祐二年

奉酬楊州劉舍人原父見寄同前

西齋菊花過節始開偶書呈聖俞同前

於劉功曹家聽楊直講褒女奴彈琵琶戲作呈聖俞同前

長句送子履學士赴宿州同前

送公期得假歸絳嘉祐三年

送宋次道學士赴太平州同前

謝王尚書舉正惠西京牡丹同前

送朱職方提舉運鹽同前

嘗新茶呈聖俞同前

次韻再作同前

樂郊詩同前

洗兒歌同前

鳴鳩嘉祐四年

代鳩婦言同前

看花呈子華内翰同前

啼鳥同前

和聖俞唐書局後叢莽中得芸香一本之作同前

答原父見過後中夜酒定復追昨日所覽雜記并簡聖俞之作同前

卷第八

古詩

有贈端溪緑石枕蘄州竹簟呈原父聖俞 嘉祐四年

夜聞風聲有感呈原父聖俞 同前

答聖俞大雨見寄 嘉祐二年

答聖俞白鸚鵡雜言 嘉祐四年

清明風雨三日不出因書所見呈聖俞 同前

答原父見過寵示之作 嘉祐五年

會飲聖俞家有作兼呈原父景仁聖從 嘉祐四年

依韻酬聖俞見贈之作 同前

小飲坐中贈别祖擇之赴陝府 同前

奉答聖俞達頭魚之作 嘉祐三年

送刁紡推官歸潤州 嘉祐四年

夜坐彈琴有感呈聖俞 ▉

二月雪 嘉祐五年

歸田四時樂春夏二首 嘉祐三年

明妃曲和王介甫作 嘉祐四年

盆池 同前

再和明妃曲 同前

奉送原父侍讀出守永興 嘉祐五年

卷第九

古詩

讀書 同前

鸜鵒詞 同前

初食雞頭有感 同前

雙井茶 同前

贈李士寧 治平四年

明妃小引 [illegible]

感事四首 [illegible]

新春有感寄常夷甫 熙寧元年

昇天檜 同前

憶焦陂 同前

贈許道人　同前

送龍茶與許道人　同前

馴鹿[illegible]

留題齊州舜泉　熙寧元年

山齋戲書絶句二首　熙寧三年

嘲少年惜花　熙寧[illegible]年

出郊見田家蠶麥已成有感　熙寧[illegible]年

射生户　熙寧[illegible]年

戲石唐山隱者　熙寧[illegible]年

律詩

送王汲宰藍田 景祐元年

徽安門曉望

送孟都官知蜀州

南征回京至界上驛先呈城中諸友 明道二年

逸老亭

廣愛寺

弔黄學士鑑三首 明道元年

雨後獨行洛北 同前

陪府中諸官遊城南 同前

智蟾上人遊南嶽 天聖九年

送左殿丞入蜀

秋郊曉行

被牒行縣因書所見呈僚友 明道元年

過緱氏縣作 同前

又行次作 同前

送梅秀才歸宣城

鞏縣陪祭獻懿二后回孝義橋道中作 明道二年

送謝學士歸闕 同前

河南王尉西齋 明道元年

寄西京張法曹同前

離彭婆值雨投臨汝驛回寄張九屯田司録同前

朱家曲

行至椹澗作景祐元年

送謝希深學士北使同前

送賈推官赴絳州景祐二年

送張如京知安肅軍同前

送威勝軍張判官同前

送同年史褒之武功尉

送祝熙載之東陽主簿景祐元年

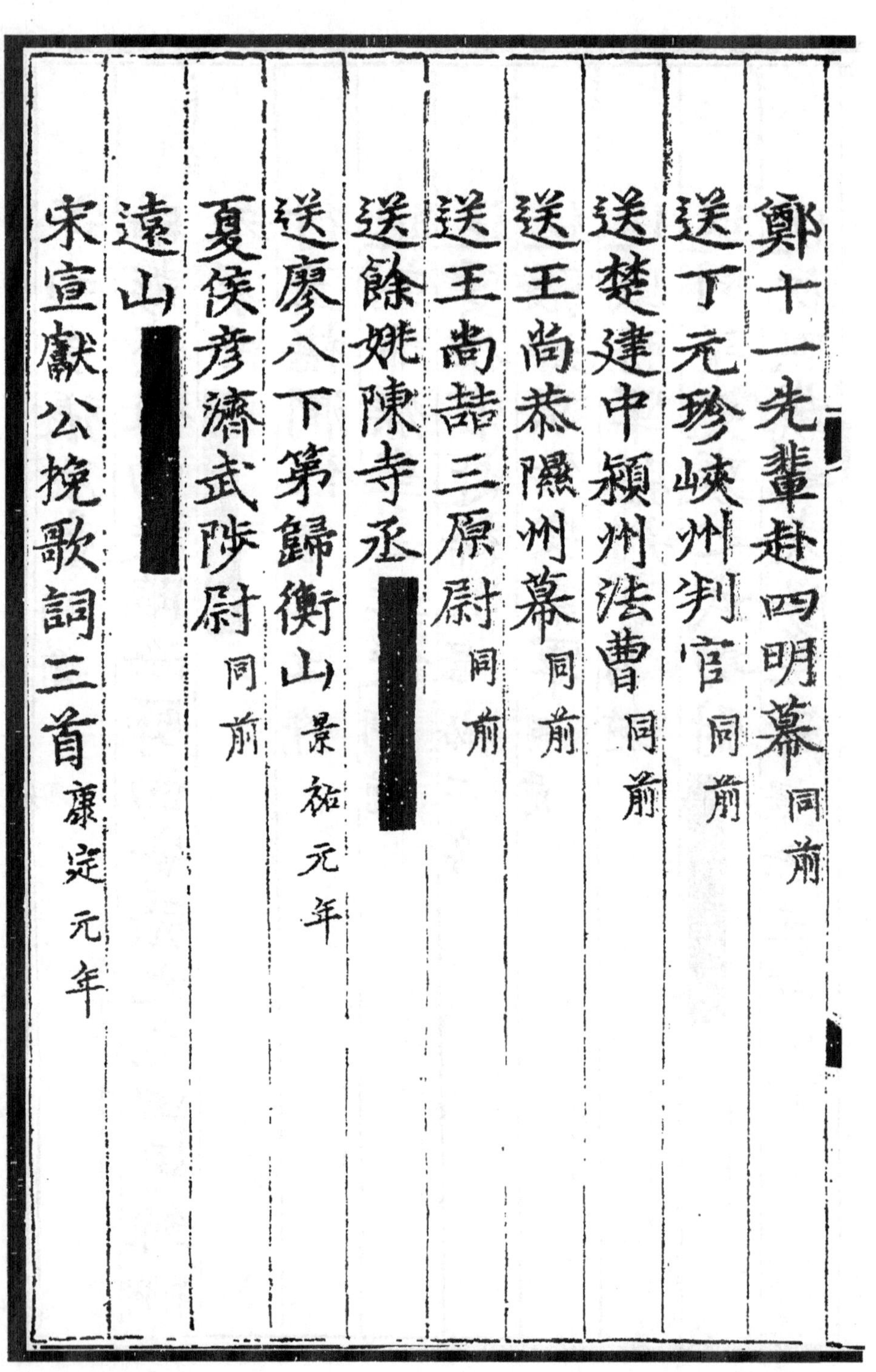

鄭十一先輩赴四明幕 同前

送丁元珍峽州判官 同前

送楚建中潁州法曹 同前

送王尚恭隰州幕 同前

送王尚喆三原尉 同前

送餘姚陳寺丞

送廖八下第歸衡山 景祐元年

夏侯彥濟武陟尉 同前

遠山

宋宣獻公挽歌詞三首 康定元年

初出真州泛大江作景祐三年

江行贈鴈同前

松門景祐四年

下牢津同前

龍溪同前

勞停驛同前

黄溪夜泊同前

望州坡景祐三年

卷第十一

律詩

戲贈丁判官同前

寄梅聖俞同前

離峽州後回寄元珍表臣寶元元年

再至西都慶曆四年

過錢文僖公白蓮莊同前

謝公挽詞三首康定元年

愁牛嶺■

寄子山待制二絶慶曆五年

寄秦州田元均同前

送沈待制陝西都運同前

欒城遇風效韓孟聯句體同前

過中渡二首同前

自河北貶滁州初入汴河聞鴈同前

自勉慶曆五年

席上送劉都官同前

又寄劉都官

書王元之畫像側慶曆六年

送京西提刑趙學士同前

寄題宜城縣射亭同前

豐樂亭遊春三首慶曆七年

謝判官幽谷種花同前一云六年

畫眉鳥

懷嵩樓新開南軒與郡僚小飲慶曆七年

送張生同前

田家

别滁慶曆八年

答謝判官獨游幽谷見寄同前

招許主客同前

金鳳花

鷺鷥

野鵲

木芙蓉

樵者

詠雪 慶曆八年

送楊先輩登第還家 皇祐元年

潁州西湖種瑞蓮黃楊寄呂度支許主客 同前

三橋三首 同前

答通判呂公著太傅 同前

祈雨曉過湖上 皇祐二年

律詩

和太傅杜相公寵示之作同前

杜相公有答兖州待制之句其卒章云獨無風雅可流傳因輒成同前

依韻答杜相公寵示之作皇祐三年

依韻和杜相公喜雨同前

謝太傅杜相公寵示嘉篇同前

答杜相公寵示去思堂詩同前

答太傅相公見贈長韻同前

借觀五老詩次韻爲謝同前

答杜相公惠詩同前

去思堂手植雙柳今已成陰因而有感至和元年

和陸子履再遊城西李園至和二年

内直對月奉寄子華舍人持國廷評同前

答子華舍人退朝小飲官舍同前

内直晨出便赴奉慈齋宮馬上口占同前

景靈朝謁從駕還宮至和元年

憶滁州幽谷

和韓學士襄州聞喜亭置酒

寄題梅龍圖滑州溪園嘉祐元年

奉使道中五言長韻至和二年

奉使契丹初至雄州 同前

奉使契丹回出上京馬上作 同前

送渭州王龍圖 同前

李留後家閒箏坐上作

送鄆州李留後

子華儤直未滿遽出館伴遂當輪宿輒成 嘉祐二年

禮部貢院閱進士就試 同前

和梅聖俞元夕登東樓 同前

再和 同前

又和 同前

憶鶴呈公儀同前

答王禹玉見贈同前

答王内翰范舍人同前

戲答聖俞持燭之句同前

小桃同前

戲書同前

春雪同前

和梅公儀嘗茶同前

和較藝書事同前

和公儀贈白鷴同前

卷第十三

律詩

時會堂二首　春貢亭

竹西亭　崑丘臺

蒙谷

内直寄聖俞博士 至和[illegible]年

送梅龍圖公儀知杭州 嘉祐二年

送沈學士康知常州 同前

聖俞監印南宫試卷因思去歲同在禮闈有感

兼簡子華景仁 嘉祐三年

答聖俞歲日書事 嘉祐四年

夜聞春風有感寄子華長文景仁 同前

病告中懷子華原父同前

酬長文出城見示之句同前

唐崇徽公主手痕和韓內翰子華同前

答和閤老劉舍人雨中見寄嘉祐五年

寄閤老劉舍人同前

詳定幕次呈同舍嘉祐四年

禁中見鞓紅牡丹同前

和江鄰幾學士桃花同前

送襄陵令李君同前

景靈宫致齋同前

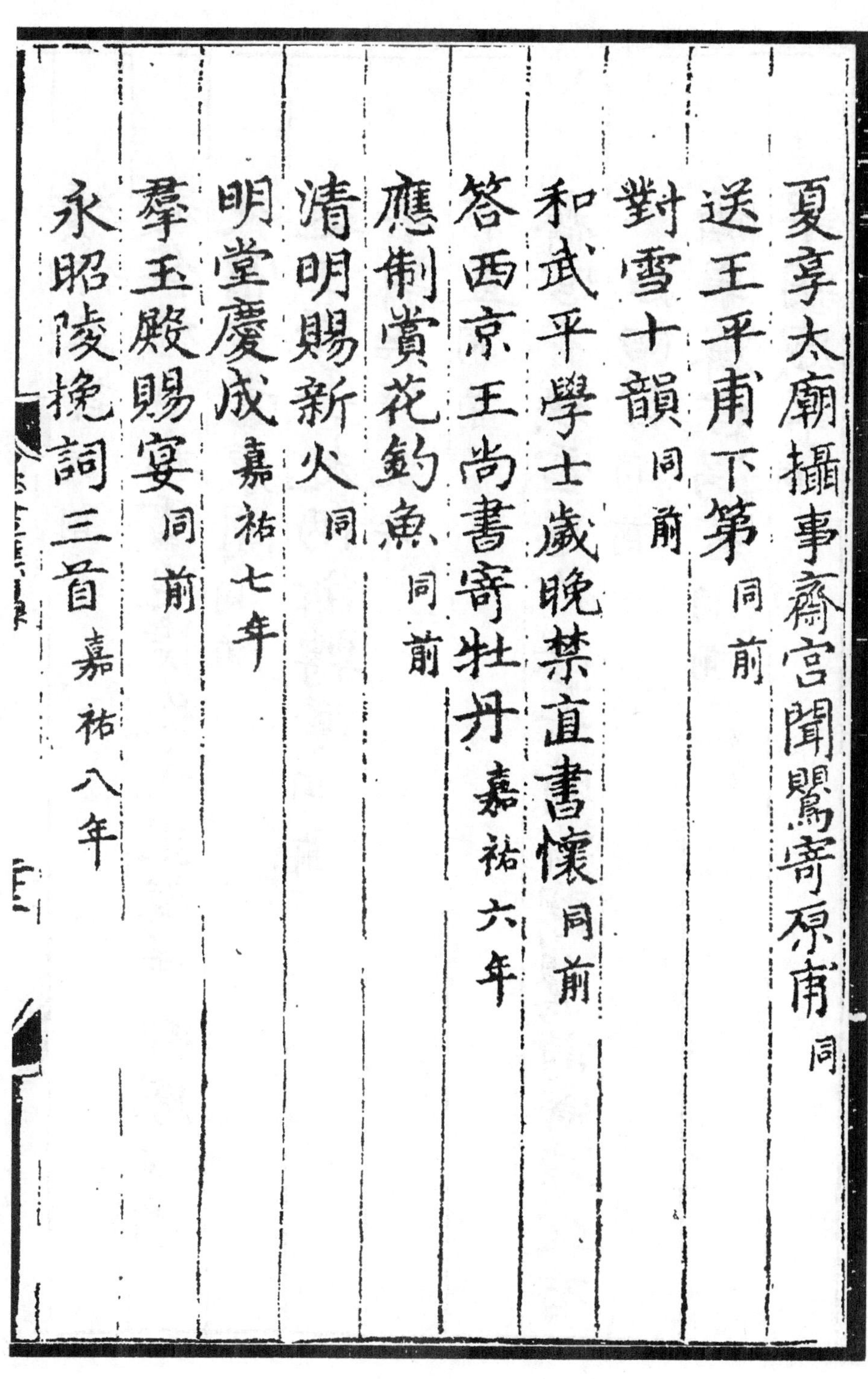

夏享太廟攝事齋宮聞鷺寄原甫同

送王平甫下第同前

對雪十韻同前

和武平學士歲晚禁直書懷同前

答西京王尚書寄牡丹嘉祐六年

應制賞花釣魚同前

清明賜新火同

明堂慶成嘉祐七年

羣玉殿賜宴同前

永昭陵挽詞三首嘉祐八年

卷第十四

律詩

初寒同前

寄渭州王仲儀龍圖同前

崇政殿試賢良晚歸同前

聞潁州通判知郡唱和因以奉寄同前

南郊慶成同前

和昭文相公上巳賜宴治平三年

三日赴宴口占同前

讀楊蟠章安集同前

蘇主簿洵挽歌同前

寄題沙溪寶錫院嘉祐五年

宋司空挽詞治平三年

感事治平四年

永厚陵挽歌詞三首同前

答子履學士見贈之作同前

送張職方知道州同前

再至汝陰三絶同前

郡齋書事寄子履同前

答子履見寄同前

寄棗人行書贈子履同前

贈隱者同前

戲書示黎教授同前

書懷同前

渦河龍潭

遊太清宫出城馬上口占熙寧元年

太清宫燒香同前

謝提刑張郎中寄筇竹杖治平四年

答黎教授二首同前

寄許道人熙寧元年

酬扶溝周職方録示白鶴宫詩同前

曉發齊州道中二首同前

水磨亭子同前

寄題相州榮歸堂熙寧三年

晝錦堂同前

觀魚軒同前

狎鷗亭同前

休逸臺同前

青州書事熙寧二年

留題南樓二絶同前

答和王宣徽

答和吕侍讀熙寧四年

卷第十五

賦

卷第十八
經旨

泰誓論同前

縱囚論康定元年

辯

怪竹辯康定元年

卷第十九

詔冊

請皇太后權同聽政詔嘉祐八年

皇太后還政議合行典禮詔同前

賜大宗正司詔治平元年

賜夏國詔書治平元年

英宗遺制 治平四年

尊皇太后册文 治平二年

卷第二十

神道碑銘

金部郎中贈兵部侍郎閻公象神道碑銘 寶元元年

太子太師致仕贈司空文惠陳公堯佐神道碑銘 慶曆四年

資政殿學士户部侍郎文正范公仲淹神道碑銘 至和元年

卷第二十一

神道碑銘

卷第二十二

神道碑銘

卷第二十三

神道碑銘

卷第二十四

墓表

尚書屯田員外郎李君仲芳墓表寶元元年

内殿崇班薛君塾墓表慶曆元年

連處士舜賓墓表慶曆八年

尚書屯田員外郎張君谷墓表至和一年

龍武將軍薛君睦墓表至和元年

永春縣令歐君慶墓表天聖[illegible]年

河南府司録張君汝士墓表嘉祐二年

卷第二十五

墓表

屯田員外郎贈兵部員外郎錢君冶墓表至和二年

卷第二十六

墓誌銘

卷第二十七

墓誌銘

卷第二十八

墓誌銘

蔡君山高墓誌銘慶曆三年

黄夢升注墓誌銘同前

大理寺丞狄君栗墓誌銘慶曆五年

薛質夫直孺墓誌銘寶元二年

隴城縣令贈太常博士呂君士元墓誌銘慶曆八年

尹師魯洙墓誌銘同前

卷第二十九

墓誌銘

主客郎中劉君立之墓誌銘皇祐二年

卷第三十

墓誌銘一

卷第三十一

墓誌銘

卷第三十四
墓誌銘

卷第三十五

墓誌銘

卷第三十六

墓誌銘

南陽縣君謝氏墓誌銘 慶曆五年

萬壽縣君徐氏墓誌銘 同前

長沙縣君胡氏墓誌銘

長壽縣太君李氏墓誌銘 慶曆八年

廣平郡太君張氏墓誌銘 嘉祐元年

渤海縣君高氏墓碣 同前

北海郡君王氏墓誌銘 嘉祐五年

長安郡太君盧氏墓誌銘 治平四年

卷第三十七

墓誌銘

皇從姪衛州防禦使遂國公宗顏墓誌銘嘉祐五年

皇從姪鈞州團練使安陸侯宗訥墓誌銘同前

皇從姪右領軍衛大將軍博平侯世融墓誌銘同前

皇從姪康州刺史高密侯宗師墓誌銘同前

皇從姪右監門衛將軍廣平侯宗沔墓誌銘同前

皇從姪右監門衛將軍世衡墓誌銘同前

皇從孫右屯衛大將軍武當侯世宣墓誌銘同前

安陸侯夫人長樂郡君賈氏墓誌銘同前

雍國太夫人馮氏墓誌銘同前

東萊侯夫人平原郡夫人米氏墓誌銘同前

韓國公夫人太寧郡君慕容氏墓誌銘同前

右監門衛將軍夫人李氏墓誌銘同前

右監門衛將軍夫人金堂縣君錢氏墓誌銘同前

右監門衛將軍夫人武昌縣君郭氏墓誌銘同前

右監門衛將軍夫人東陽縣君鄭氏墓誌銘同前

右屯衛將軍夫人永安縣君慕容氏墓誌銘同前

右監門衛將軍夫人周氏墓誌銘同前

卷第三十八

行狀

卷第三十九

記

卷第四十

記

卷第四十一

序

集古録目序嘉祐七年

蘇氏文集序皇祐三年

鄭荀改名序

卷第四十二

序

韻總序

送楊寘序慶曆七年

送曾鞏序慶曆二年

送田畫秀才寧親萬州序景祐四年

謝氏詩序同前

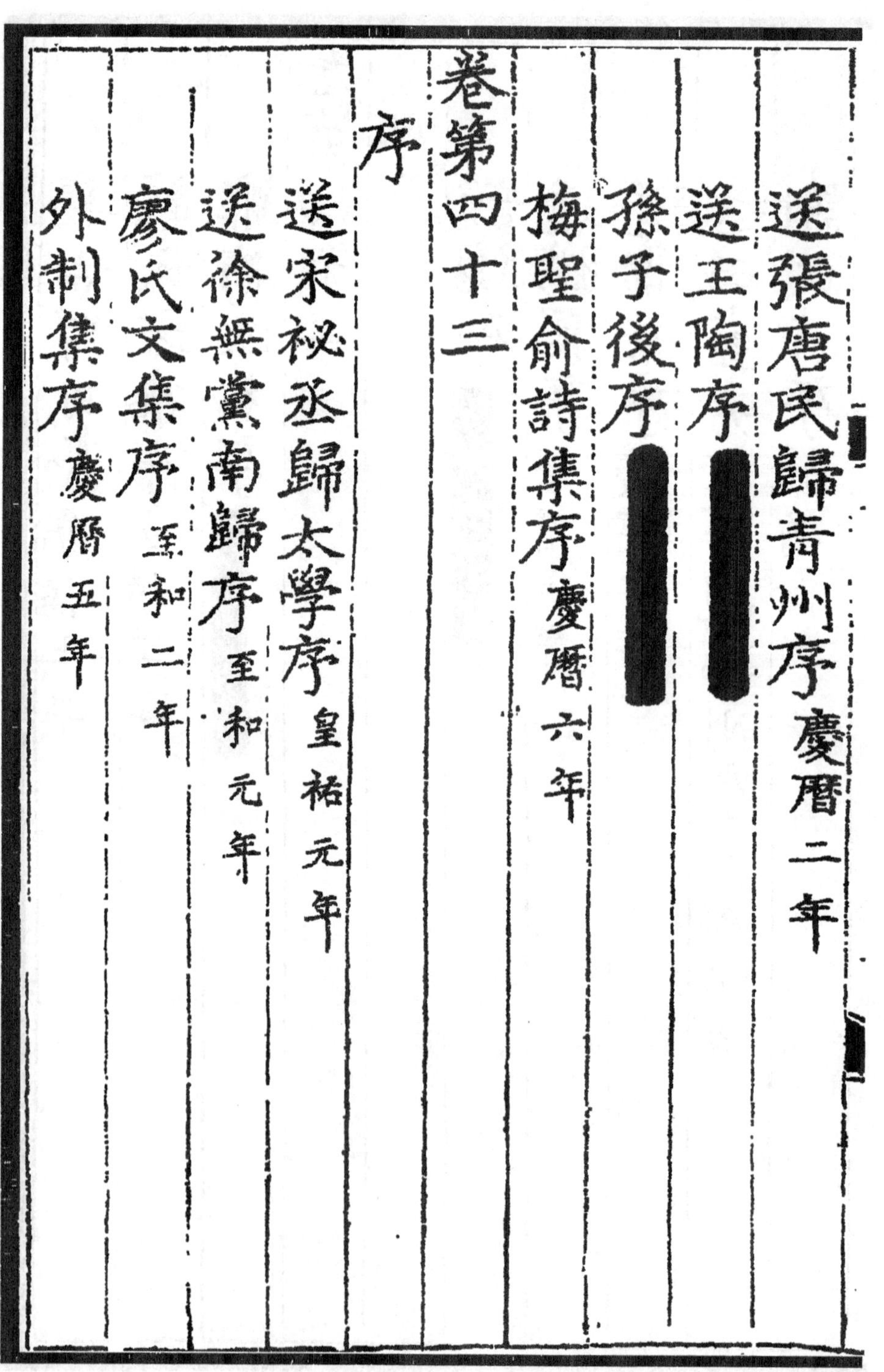

卷第四十三

序

卷第四十四

序

江鄰幾文集序熙寧三年

薛簡肅公文集序熙寧四年

傳

六一居士傳熙寧三年

卷第四十五

書

通進司上書康定元年

卷第四十六

書

準詔言事上書慶曆二年

卷第四十七

書

卷第四十八

卷第四十九

北嶽廟賽雨祭文 慶曆五年

修城祈晴祭五龍文 慶曆七年

又祭城隍神文 同前

祈晴祭城隍神文 同前

又祭漢高祖文 同前

祈雨祭漢高祖文 同前

漢高祖廟賽雨文 同前

祈雨祭張龍公文 皇祐二年

祭薛尚書文 寶元元年

祭謝希深文 康定元年

祭薛質夫文

祭叔父文慶曆四年

祭尹子漸文慶曆五年

祭尹師魯文慶曆八年

祭蘇子美文同前

祭鄭宣徽文

皇考楚黄祭文

卷第五十

祭文

祭程相公文嘉祐元年

祭資政范公文皇祐四年

祭杜祁公文嘉祐二年

祭吴尚書文嘉祐三年

祭梅聖俞文嘉祐五年

焚黄祭文三首嘉祐七年

祭宋侍中文治平[illegible]年

英宗皇帝靈駕發引祭文治平四年

祭石曼卿文治平四年

祭胡太傅文同前

祭劉給事文熙寧元年

居士集目録卷終

居士集卷第一　　歐陽文忠公集一

古詩三十八首

顔跖

顔回飲瓢水陋巷卧曲肱盜跖厭人肝九州恣横行
回仁而短命跖壽死免兵愚夫仰天呼禍福豈足憑
跖身一腐鼠死朽化無形萬世尚遭戮筆誅甚刀刑
思其生所得豺犬飽臭腥顔子聖人徒生知自誠明
惟其生之樂豈减跖所榮死也至今在光輝一作輝光如
日星譬如埋金玉不耗精與英生死得失間較量誰
重輕善惡理如此毋尤天不平

猛虎

猛虎白日行，心閑貌揚揚。當路擇人肉，羆（一作熊）豬不形相。頭垂尾不掉，百獸自然降。暗禍發所忽，有機埋路傍。徐行自踏之，機飜矢穿腸。怒吼震林丘，瓦落見墮床。已死不敢近，目睛射餘光。虎勇（一作猛）恃其外，爪牙利鉤鋸。人形雖羸弱，智巧（一作巧智）乃中藏。恃外可摧折，藏中難測量。英心多決烈，自信不猜防。老狐足姦計，安居（一作身安）穴垣墻。窮冬聽冰渡，思慮豈不長。引身入扱中，將死猶跳踉。狐姦固堪笑，虎猛誠可傷。

仙草

世説有仙草得之能隱身仙書已怪妄此事況無文嗟爾得從誰不辨僞與眞持行入都市自謂術通神白日攫黄金磊落揀奇珍旁人掩口笑縱汝暫懽忻汝方矜所得謂世盡盲昏非人不見汝乃汝不見人

遊龍門分題十五首

上山

躡蹻上高山探險慕幽賞初驚澗芳早忽望巖扉敞林窮路已迷但逐樵歌響

下山

行歌翠微裏共下山前路千峯返照外一鳥投巖去

渡口晚無人，繫舸芳洲樹。

石樓

高灘復下灘，風急刺舟難。不及樓中客，徘徊川上山（一作山上看，一作山上山）。夕陽洲渚遠，唯見白鷗飛。

上方閣

聞鐘渡（一作動）寒水，共步尋雲嶂。還隨孤鳥下，却望層林上。清梵遠猶聞，日暮空（一作千）山響。

伊川泛舟

春谿漸生溜，漾漾迴舟小。沙禽獨避人，飛去青林杪。

宿廣化寺

橫槎渡深澗，披露採香薇。樵歌雜梵響，共向松林歸。
日落寒山慘，浮雲隨客衣。

自菩提步月歸廣化寺

春巖瀑泉響，夜久山已寂。明月淨松林，千峯同一色。

八節灘

亂石瀉溪流，跳波濺如雪。往來川上人，一作寒川上朝暮
愁灘闊。更待浮雲散，孤舟弄明月。

白傅墳

芳荃奠蘭酌，共弔松林裏。溪口望山椒，但見浮雲起。

晚登菩提上方

野色混晴嵐蒼茫辨煙樹行人下山道猶向都門去

山槎

古木卧山膏危根老盤石山中若霜霰歲久無春色不如崑下桂開花獨留客

石笋

巨石何亭亭孤生此巖側白雲與翠霧誰見琅玕色惟應山鳥飛百轉時來息

鴛鴦

畫舷一作船鳴兩槳日暮芳洲路泛泛風波鳥雙雙弄紋羽愛之欲移舟漸近還飛去

魚漁一作罾

春水弄春沙蕩漾流不極筌箵若難滿終日沙頭客
向暮卷空罾棹歌菱浦北

魚鷹

日色弄晴清一作川時時錦鱗躍輕飛若下鞲豈畏風
灘惡人歸晚渚靜獨傍漁舟落

伊川獨遊

東郊漸微綠驅馬忻獨往梅繁野渡晴泉落春山響
身閑愛物外趣遠諧心賞歸路逐樵歌落日寒川上

三遊洞一本作夷陵九詠一三遊洞二下牢溪三蝦蟇碚四勞停驛五龍溪六黃

溪夜泊七黄牛峽祠八松門九下牢

津居士集本古律各從其類今從之

漾檝泝清川捨舟緣翠嶺探奇冒層嶮因以窮人境

弄舟（一作川）終日愛雲山徒見青蒼杳靄間誰知一室

煙霞裏乳竇雲腴凝石髓蒼崖一徑橫杳渡翠壁千

尋當户起昔人心賞爲誰留人去山阿跡更幽青蘿

緑桂何岑寂山鳥嘐嘐不驚客松鳴澗底自生風月

出林間來照席仙境難尋復易迷山回路轉幾人知

惟應洞口春花落流出巖前百丈谿（即下牢溪也）

下牢溪

陽谷聞溪聲尋溪度橫嶺清流涵白石靜見千峯影

巖花無時歇，翠栢鬱何整。安能戀潺湲，俯仰弄雲景。

石溜吐陰崖，泉聲滿空谷。能邀弄泉客，繫舸留巖腹。

蝦蟇碚今土人寫作背字音佩

陰精分月窟，水味標茶録。共約試春芽，槍旗幾時緑。

黃牛峽一本無峽字祠

大川雖有神一作神靈，固淫祀亦其一作本風俗。石馬繫祠門，山鵶噪叢木。潭潭村鼓隔溪聞，楚巫歌舞送迎神。畫船百丈山前路，上灘下峽長來去。江水東流不暫停，黃牛千古長如故。峽山侵天起青嶂，崖崩路絶無由上。黃牛不下江頭飲，行人惟向舟中望。朝朝暮暮一作行行見黃牛徒使行一作使人誰人過此愁山高更遠望終日猶見不是黃牛一作灘中滯客舟語曰朝見黃牛暮見黃牛一朝一暮黃牛如故言江惡難行久不能過也

千葉紅梨花峽州署中舊有此花前無賞者知郡朱郎中始加欄檻命坐客賦之

紅梨千葉愛者誰白髮郎官心好奇徘徊繞樹不忍折一日千帀看無時夷陵寂寞千山裏地遠氣偏時節異愁煙苦霧少芳菲野卉蠻花鬬紅紫可憐此樹生此處高枝絕一作紅艷無人顧春風吹落復吹開山鳥飛來自飛去根盤樹老幾經春眞賞今纔遇使君

風輕絳雲罇前舞日暖繁香露下聞從來奇物產天涯安得移根植帝家猶勝張騫爲漢使辛勤西域徙榴花

金雞五言十四韻

蠻荊鮮人秀厥美爲物恠禽鳥得之多山雞稟其粹衆綵爛成文眞色不可繪仙衣霓紛披女錦花綷縩輝華日光亂眩轉目睛憊高田啄秋粟下澗飲寒瀨清唳或相呼舞影還自愛豈知文章累遂使網羅掛及禍誠有媒求友反遭賣有身乃吾患斷尾亦前戒不羣世所驚甚美衆之害稻粱雖云厚樊縶豈爲泰

山林歸無期，羽翮日已鎩。用晦有前言，書之可爲誡。

和丁寶臣遊甘泉寺（寺在臨江一山上，與縣廨相對）

江上孤峯蔽緑蘿，縣樓終日對嵳峩。叢林已廢姜祠在，事迹難尋楚語訛（寺有清泉一泓，俗傳爲姜詩泉，亦有姜詩祠。案詩廣漢人，疑泉不在此）。空餘一派寒巖側，澄碧泓渟涵玉色。野僧豈解惜清泉，蠻俗那知爲勝迹。西陵老（一作縣）令好尋幽，時共登臨向此遊。歎危一逕穿林樾，盤石蒼苔留客歇。山深雲日變陰晴，澗栢巖松度歲青。谷裏花開知地暖，林間鳥語作春聲。依依渡口夕陽時，却望層巒在翠微。城頭暮鼓休催客，更待橫江（一作孤舟）弄月歸。

送京西提點刑獄張駕部

太華之松千歲青，嘗聞其下多茯苓。地靈山秀草木異，往往變化爲人形。神仙不欲世人採，覆以雲氣常冥冥。臺郎何年一作處得眞訣，服餌既久毛骨清。汝陽昔見今十載，丹顔益少方瞳明。郡齋政成鐏俎樂，高談日接無俗情。詔書忽下褒美績，使車朝出行屬城。職清事簡稱雅一作高意，蠹書古篋一作盝九蒲笥晨裝輕。洛陽花色笑春日，錦衣晝歸閭里驚。自云就欲一作欲就謝官去，烏紗白髮西臺卿。他年我一作終亦老嵩少，願乞仙粒分餘馨。

贈杜默一本注云：默師太學先生石守道介

南山有鳴鳳，其音和且清。鳴於有道國，出則天下平。杜默東土秀，能吟鳳凰聲。作詩幾百篇，長歌仍短行。攜之入京邑，欲使衆耳驚。來時上師堂，再拜辭先生。先生頷首遣，教以勿驕矜。贈之三豪篇，而我濫一名。杜子來訪我，欲求相和鳴。顧我文字卑，未足當豪英。豈如子之辭，鏗鍠間鏞笙。淫哇俗所樂，百鳥徒一作方嚶嚶。杜子卷舌去，歸衫翮以輕。京東聚羣盜，河北點新兵。饑荒與愁苦，道路日以盈。子盍引其吭，發聲通下情。上聞天子聰，次使宰相聽。何必九包禽，始能瑞

一作鳴堯庭子詩何時作我耳久已傾願以白玉琴寫之朱絲繩

送呂夏卿夏卿父造字公初有名進士也一本云送呂先輩赴端州高要尉

始吾尚幼學弄筆，群兒爭誦公初文。嗟我今年已白髮，公初相見猶埃塵。傳家尚喜有二子，始知靈珠出淮濱一作海蠙一作淮蠙。去年東書來上國，欲以文字驚衆人。駑駘羣馬斂足避，天衢讓路一作騰踏先騏驎。尚書禮部奏高第，斂衣襆硯趨嚴宸。曈曈春日轉黃傘，譪譪賦筆摛青雲。我時寓直殿廬外，衆中迎子笑以忻。明朝一作晨失意落人後，我爲沮氣羞出門。得官高要幾千里猶幸海遠（一作遠海）無惡氛，英英帝圃多鸞凰（一作鳳）。上下羽翼何繽紛，期子當呼丹山鳳，爲瑞相與來及群。

憶山示聖俞

吾思夷陵山，山亂不可究。東城一堠餘，高下漸岡阜。群峯迤邐接，四顧無前後。憶嘗祗吏役，鉅細悉經覯。是時秋卉紅，嶺谷堆纈繡。林枯松鱗皴，山老石脊瘦。斷徑履頽崖，孤泉聽清溜。深行得平川，古俗見耕耨。澗荒驚麏奔，日出飛雉雊。盤石屢欹眠，緑巖堪解綬。幽尋歎獨往，清興思誰侑。其西乃三峽，嶮恠愈奇富。江如自天傾（一作瀉），岸立兩崖鬭。黔巫望西屬，越嶺通南奏時時縣樓對雲霧昏白晝荒煙下牢戍百仞寒溪漱蝦蟆噴水簾甘液勝飲酎亦嘗到黄牛泊舟聽猿狖巉巉起絶壁蒼翠非刻鏤陰嵒下攢叢岫穴忽空透遥岑聳孤出可愛欣欲就惟思得君詩古健寫哥秀今來會京師車馬逐塵瞀頽冠各白髮舉酒無倩袖繁華不可慕幽賞亦難遘徒爲憶山吟耳熱助嘲詬

送唐生 一本作送唐秀才歸永州

京師英豪域車馬日紛紛唐生萬里客一影隨一身出無車與馬但踏車馬塵日食不自飽讀書依主人

夜夜客枕夢（一作吟）北風吹孤雲翩然動歸思旦夕來叩（一作叩我）門終年少人識逆旅（一作旅意）惟我親來學媿道贈（一作昧）贈歸慚（一作嗟）橐貧勉之期不止多穫由力耘指家大嶺北重湖浩無垠飛鴈不可到書來安得（一作能）頻

送任處士歸太原（時天兵方討趙元昊）

一虜動邊陲用兵三十萬天威豈不嚴賊首猶未獻自古王者師有征而不（一作無）戰勝敗繫人謀得失由廟筭是以天子明咨詢務周徧直欲採奇謀不爲人品限公車百千輩下不遺僕賤況於儒學者延納宜

無閒如何任生來，三月不得見。方茲急士時，論擇豈宜慢。任生居太原，白首勤著撰。閉戶不求聞，忽來誰所薦。人賢固當用，舉繆不加譴。一作「賢固當用，舉繆亦不加譴」。賞罰兩無文，是非奚以辨。遂令拂衣歸，安使來者勸。一本有「其餘苟盡然，所責胡由辦」兩句。嗟吾筆與舌，非職不敢諫。

聖俞會飲時聖俞赴湖州。一本作送梅堯臣赴湖州。

傾壺豈徒彊君飲，解帶且欲留君談。洛陽舊友一時散，十年會合無二三。京師旱久塵土熱，忽值晚雨涼纖纖。一作⿱雨韱⿱雨韱。滑公井泉釀最美，赤泥印酒新開緘。更吟君句勝啖鵝，杏花妍媚春酣酣。君詩有「春風酣酣杏正妍」之句。吾交豪俊天下選誰(一作難)得衆羨如君兼(一本有鏗鏘文律金玉寫森羅武庫戈戟錙兩句)詩工鑱刻露天骨將論縱橫輕玉鈴遺編最愛孫武說往往曹杜遭夷芟關西幕府(一作下)不能辟隴山(一作西)敗(一作大)將死可慚嗟余身賤不敢薦四十白髮猶青衫吳興太守詩亦好往(一作助)奏玉琯和英咸盃行到手莫辭醉明日(一作發)舉棹天東南

送胡學士知湖州(一本云送胡宿武平學士)

武平天下才四十滯鈆槧忽乘使君舟歸榜(一作艕)不可攬都門春漸動柳色綠將暗掛帆千里風水闊江瀲灩吳興水精宮樓閣在寒鑑橘柚秋苞繁鳥程春

甕醽清談越客醉，屢舞吳娘豔。寄詩毋憚頻（一作煩），以慰離居念。

哭（一作弔石）曼卿

嗟我識君晚，君時猶壯夫。信哉天下奇，落落不可拘。軒昂懼驚俗，自（一作似）隱酒之徒。一飲不計斗，傾河竭崑墟。作詩幾百篇，錦組聯瓊琚。時時出險語，意外研精麤。窮奇變雲煙，搜怪蟠蛟魚。詩成多自寫，筆法顏與虞。旋弃不復惜，所存今幾餘。往往落人間，藏之比明珠。又好（一作愛）題屋壁，虹蜺隨卷舒。遺蹤處處在，餘墨潤不枯。朐山頃歲出，我亦斥江湖。乖離（一作睽）四五載人事忽焉一作有殊歸來見京師心老貌已癯但驚何其衰豈意今也無才高不少下闊若與世踈驊騮當少時其志萬里塗一旦老伏櫪猶思玉山芻天兵宿西北狂兒尚稽誅而令壯士死痛惜無賢愚歸魂渦上田露草荒春蕪

送曇穎歸廬山

吾聞廬山久欲往世俗拘昔歲貶夷陵扁舟下江湖八月到湓口停帆望香爐香爐雲霧間杳靄疑有無忽值秋日明彩翠浮空虛信哉奇且秀不與灊霍俱偶病不時往中流但踟躕今思尚髣髴恨不傳畫圖

曇穎十年舊風塵客京都一旦不辭訣飄然卷衣一作長裾山林往不返古亦有吾儒西北苦兵戰江南仍旱枯新秦又攻冦京陝募兵夫聖君念蒼生賢相思良謨嗟我無一説朝紳地舒舒未能膏鼎鑊又不老菰蒲羨子識所止雙林歸結廬

送孔秀才遊河北

吾始未識子但聞楊公賢及子來叩門手持贈子篇賢愚視所與不待交子一作得交言子文諧律吕子行絜琅玕行矣慎所遊惡草能敗蘭

送棃生下第還蜀

黍離不復雅孔子修春秋扶王貶吳楚大法加諸侯妄儒泥於魯甚者云黜周大旨旣已矣安能討一作計源流遂令學者迷異說相交鉤黎生西南秀挾策來東遊一作州有司不見採春霜滑歸轍自云喜三傳力一作方欲探微幽凡學患不彊苟至將焉廋聖言簡且直愼勿迂其求經通道自明下筆如戈矛一敗不足衂後功掩前蓋

居士集卷第一

熙寧五年秋七月男發等編定

紹熙二年三月郡人孫謙益校正

猛虎詩引身入扱中朝佐考字書扱音插取也獲也舉也引也收也義與詩不類按韓文公城南聯句云靸妖藤索絣時景通云布活夽於狐徑而掎其足謂之靸靸扱聲相近公用扱字義或取此

蝦蟆碚詩諸本皆作碚朝佐考字書無此字按東坡集決因經歷詩忽憶尋蟆培其字從土又南行集二蘇皆有蝦蟇培詩欒城作培東坡作背今秘書正字項安世嘗自蜀來云土人寫作背字音佩

石樓 川上山一作看

魚魯 菱浦菱一作凌

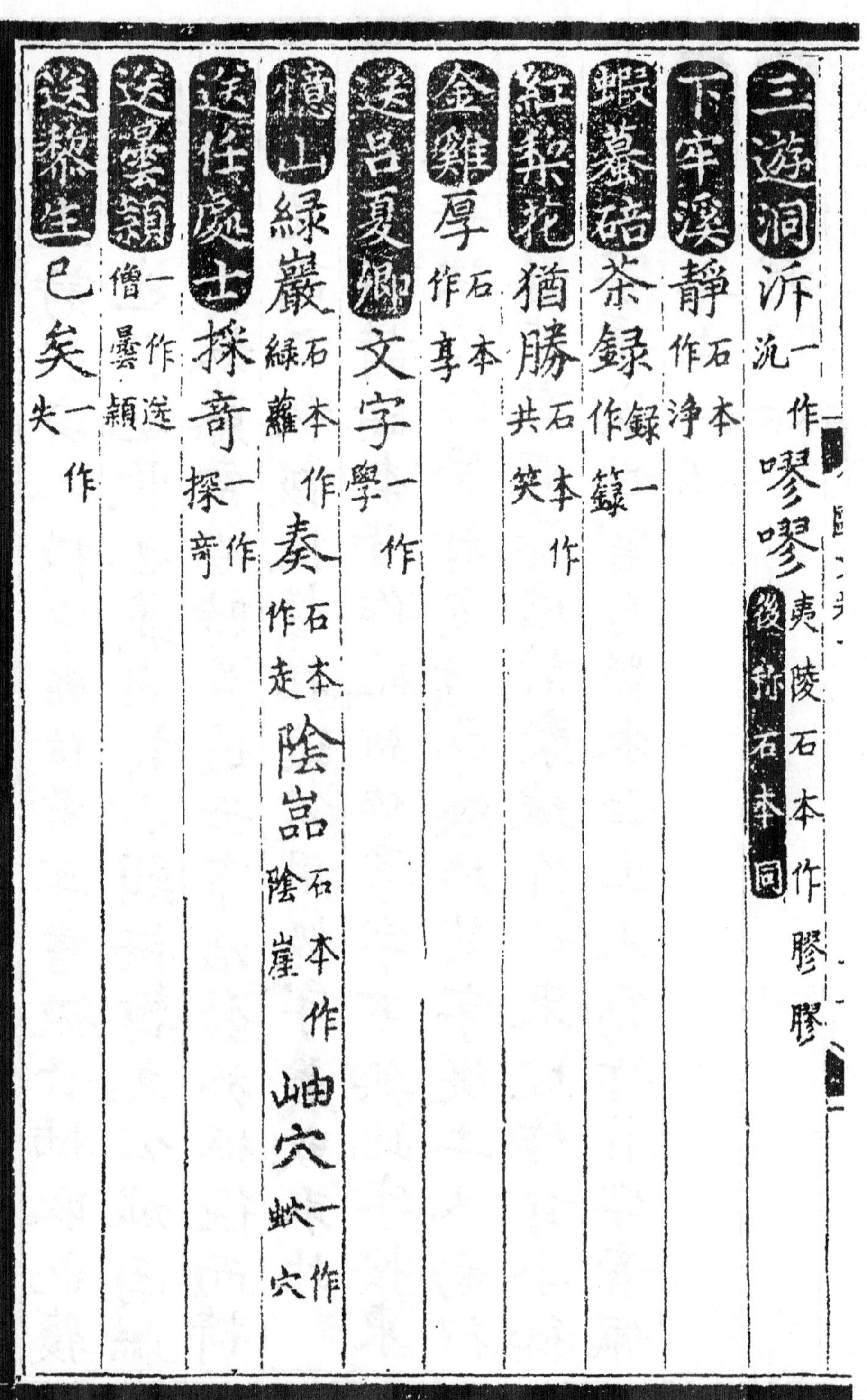

三遊洞 泝一作沉 嘐嘐夷陵石本作膠膠 後孫石本同

下牢溪 靜石本作淨

蝦蟇碚 茶録録一作籙

紅梨花 猶勝石本作共笑

金雞厚石本作亭

送呂夏卿 文字一作學

憶山 緑巖石本作緑蘿 奏石本作走 陰嵓石本作陰崖 岫穴一作蚾穴

送任處士 採奇一作探奇

送曇穎一作送僧曇穎

送黎生 巳矣一作失

居士集卷第二　　歐陽文忠公集二

古詩二十首

送楊闢秀才

吾奇曾生者，始得之太學。初謂獨軒然，百鳥而一鶚。既又得楊生，群獸出麟角。乃知天下才，所識慚未博。楊生初誰師，仁義而禮樂。天姿樸且茂，美不待追琢。始來讀其文，如渴飲醴（一作湩）酪。既坐即之談，稍稍吐鋒鍔。非唯富春秋，固已厚天爵。有司選群材，繩墨困量度。胡爲謹毫分，而使遺磊落。至寶異常珍，夜光驚把握。駭者弃諸塗，竊拾充吾橐。其於獲二生，厥價玉一轂嗟吾雖得之氣力獨何弱帝闕啓巖巖（一作嚴嚴）欲獻前復却遽令扁舟下飄若吹霜籜世好競辛鹹古味殊淡泊（一作薄）否泰理有時惟窮見其確

送孔生（一本生作監）薄再遊河北

志士惜白日高車無停輪孔生東魯儒年少勇且仁大軸獻理亂長裾躡街塵門無黄金聘家有白髮親寒風八九月北渡大河津玉塞積精甲金戈耀秋雲孔生力數斗其智兼千人短褐不自暖高談吐陽春北州多賢侯待（一作得）士誰最勤一見贈雙璧再見延上賓大夫患不遇豈患長賤貧

送慧勤歸餘杭

越俗僭宮室，傾貲事雕牆。佛屋尤其侈，耽耽擬侯王。文彩瑩丹漆，四壁金焜煌。上懸百寶蓋，宴坐以方牀。胡爲弃不居，棲身客京坊。辛勤營一室，有一作乃類鶯巢梁。南方精飲食，菌一作箘笋鄙羔羊。飯以玉粒粳，調之甘露漿。一饌費千金，百品羅成行。晨興未飯僧，日昃不敢嘗。乃兹隨北客，枯粟充飢腸。東南地秀絶，山水澄清一作鮮光。餘杭幾萬家，日夕焚清香。煙霏四面起，雲霧雜芬芳。豈如車馬塵，鬢髮染成霜。三者孰苦樂，子奚一作兮勤四方。乃云慕仁義，奔走不自遑。始知

仁義力可以治膏肓有志誠可樂（一作嘉）及時宜自彊人情重懷土飛鳥思故鄉夜枕聞北鴈歸心逐南檣歸兮能來否送子以短章

讀張李二生文贈（一本作謝張續李常寄）石先生（先生石介也）

先生二十年東魯能使魯人皆好學其間張續與李常剖琢珉石（一作如剖珉石　一作如剖衆石）得天璞大圭雖不假雕瑑（一作鐫）但未磨礲出圭角二生固是天下寶豈與先生私褚櫜先生示我何矜誇手攜文編謂新作得之數日未暇讀意欲百事先（一作前）屏却夜歸獨坐南窻

星明錯落辭嚴意正質非俚（一作高且簡）古味雖淡醇不薄千年佛老（一作老佛）賊中國禍福依憑群黨惡拔根掘窟期必盡有勇無前力何犖乃知二子果可用非獨詞（一作持詩）堅由志確朝廷清明天子聖陽德彙進羣陰剥大烹養賢有列（一作味別）鼎豈久師門共藜藿（一本有先生在魯魯皆化苟用於朝其利博兩句又一本在作居朝作時）予（一作我）慚職諫未能薦有酒且慰先生酌

絳守居園池（一本上有留題字）

嘗聞紹述絳守居偶來覽登（一作登覽）周四隅異哉樊子恠可吁心欲獨出無古初窮荒搜幽入有無（一作無有）一

語詰曲百盤紆孰云已出不剽襲句斷欲學盤庚書一本有方言爾雅不訓詁幾欲舌譯從象胥兩句荒煙古木蔚遺墟我來嗟秖一作止得其餘栢槐端莊偉丈夫蒼顔鬱鬱老不枯靚容新麗一何姝清池翠蓋擁紅蕖胡髯虎搏豈足道記録細碎何區區虙氏八卦畫河圖禹湯臯䧿一作陶暨唐虞豈不古奥萬世模嫉世姣巧一作好習畀汙以奇矯薄駭羣愚用此猶得追韓徒我思其人爲躊躇作詩聊謔爲坐娛

晉祠一本作過并州晉祠泉

古一作故城南出十里間鳴渠夾路一作石渠夾道何潺潺行

人望祠下馬謁退即祠下窺水源地靈草木得餘潤鬱鬱古一作松栢含蒼煙并兒自古事一作重豪俠戰爭五代幾百年天開地闢眞主出猶須再駕方凱旋頑民盡還高壘削秋草自緑埋空垣一作自緣空塞垣并人昔遊晉水上清鏡照耀涵朱顔晉水今入并州裏稻花漠漠澆平田廢興髣髴無舊一作故老氣象寂寞餘山川惟存祖宗聖功業干戈象舞被管絃我來覽登一作登覽爲歎息暫照白髮臨清泉鳥啼人去廟門闔還有山月來娟娟

登絳州富公嵩巫亭示同行者

羣峯擁軒檻，竹樹陰漠漠。公胡若思山，規構自心作。惟予（一作予亦）愛山者，初仕即京洛。嵩峯三十六，終日對高閣。陰晴無朝暮，紫氣常浮泊。雄然九州中，氣象壓寥廓。亦嘗步其巔，培塿視（一作觀）四岳。其後竄荆蠻，始識峽山惡。長江瀉天來，巨石忽開拓。始疑茫昧初，渾沌死鑴鑿。神功夜催就，萬仞成（一作或）一削。尤奇十二峯，隱見入冥邈。人蹤斷攀緣，異物宜所託。巔瞻但徘徊，想像逢綽約。嵩山近可愛，泉石吾已諾。終期友幽人，白首老雲壑。荆巫惜遐荒，詭怪杳難貌。至今清夜思，魂夢輒飛愕。偶來玩茲亭，塵眼刮昏膜。況逢秋雨

霽濃翠新染濯峯端上明月且可留幽酌

水谷夜行寄子美聖俞一本題上有補成字

寒一作晨雞號荒林山壁月倒掛披衣起視夜攬轡念行一作遐邁我來夏云初素節今已屆高河瀉長空勢落九州外微風動涼襟曉氣清餘睡一作色清餘睡緬懷京師友文一作有酒邀一作遨高會其間蘇與梅二子可畏愛篇章富縱橫聲價相磨一作摩蓋子美氣尤雄萬竅號一噫有時肆顛狂醉墨灑霶霈譬一作勢如千里馬一作足已發不可殺盈前盡珠璣一一難柬汰梅翁事清切石齒漱寒瀨作詩三十年視我猶後一作後猶無輩

文詞愈清新心意雖一作難老大譬如妖韶女老自有餘態近詩尤古硬一作淡咀嚼苦難嘬初如食橄欖真味久愈在蘇豪以氣轢一作轢舉世徒一作盡驚駭梅窮獨我知一作獨奇古貨今難賣一作物今難買二子雙鳳凰百鳥之嘉瑞雲煙一翱翔羽翮一摧鎩安得相從遊終日鳴噦噦問胡一作相問苦思之對酒把一作把酒對新蟹

病中代書奉寄聖俞二十五兄一本無奉及下四字

憶君去年來自越值我傳車催去闕是時新秋蟹正肥恨不一醉與君別今年得疾一作別病因酒作一春不飲氣彌劣飢腸未慣飽甘脆一作平生得飽甘肥九蟲寸白

一作腹蠱不慣争爲孽一飽猶能致身患寵禄豈無神所罰

乃知賦予分有涯適分自然無夭閼昔在洛陽年少時春思每先花亂發萌芽不待楊柳動探春馬蹄常踏雪到今年纔三十九怕見新花羞白髮顏侵塞下風霜色病過鎮陽桃李月兵閑事簡居可樂心意自衰非屑屑日長天暖惟欲睡眠一作睡美尤猒春鳩聒

北潭去城無百步渌水水銷魚撥刺經時曾未著脚到好景但聽遊人説官榮雖厚世味薄始信衣纓乃羇紲故人有幾獨思君安得見君憂暫豁公厨酒美遠莫致念君貫慣一作飲衣屢脱郭生書來猶未到想

見新詩甚飢渴少年事事今已去惟有愛詩心未歇君閑可能爲我作莫辭自書藤紙滑少低筆力容一作留我和無使難追韻高絶

鎭陽殘杏 一本有寄聖俞字

鎭陽二月春苦寒東風力弱冰雪頑北潭跬步病不到即常山宫後池也州之勝游惟此何暇騎馬尋郊原鵰一作丘新晴暖已動砌下流水來濤濤鵰丘水在州西十五里以長渠引走城中但聞簷間鳥語變不覺桃杏開已闌人生一世浪自苦盛衰桃杏開落閒西亭昨日偶獨到一作往猶有一樹當南軒殘芳爛漫看更好皓若春雪團枝繁無風已

恐自零落長條可愛不可攀猶堪攜酒醉其下誰肯伴我頹巾冠

班班林間鳩寄內

班班林間鳩穀穀命其匹迫天之未雨與汝勿相失春原洗新霽綠葉暗朝日鳴聲相呼和一作相諧呼應答如吹一作若吕應嘉律深棲柔桑暖下啄高田實人皆笑汝拙無巢以家室易安由寡求吾羨拙之佚吾雖有室家出處曾不一一本有豈如鳴鳩樂天性免乖咈兩句荊蠻昔竄逐奔走若鞭扶山川瘴霧深江海波濤颶跬步子所同淪棄甘共没投身去人眼已廢誰復嫉山花與野草我

醉子鳴琴但知貧賤安不覺歲月忽還朝今幾年官祿霑兒姪身榮責愈重器小憂常溢今年來鎮陽留滯見春物北潭新漲淥魚鳥相聱耴魚乙切一作懽欝逸我意不在春所憂空自咄一官誠易了報國何時畢高堂母老矣衰髮不滿櫛昨日寄書言新陽發舊疾藥食一作石子雖勤豈若我在膝又云子亦病蓬首不加鬀書來本慰我使我煩憂鬱思家春夢亂妄意占凶吉却思夷陵囚其樂何可述前年辭諫署朝議不容乞孤忠一許國家事豈復一作暇卹橫身當衆怒見者旁可慄近日讀除書朝廷更輔弼君恩優大臣進退禮

有秩小人妄希旨論議爭操筆又鬭說朋黨次第推甲乙而我豈敢逃不若先自劾上賴天子聖必未(一作未必)加斧鑕一身但得免羣口息啾唧公朝賢彥衆避路(一本作讓)當揣質苟能因謫去引分思藏密還爾禽鳥性樊籠免驚怵子意其謂何吾謀今已必(一本有試思憂與樂便可齊升熟兩句)子能(一作如)甘藜藿我易解簪紱嵩峯三十六蒼翠爭聳出安得攜子去耕桑老蓬蓽

暮春有感

幽憂無以銷春日靜愈長薰風入花骨花枝午低昂往來採花蜂清蜜未滿房春事已爛漫落英漸飄揚

蛺蝶無所爲飛飛助其忙啼鳥亦屢變新音巧調篁遊絲最無事百尺拖晴光天工施造化萬物感春陽我獨不知春久病卧空堂時節去莫挽浩歌自成傷

洛陽牡丹圖

洛陽地脉花最宜牡丹尤爲天下奇我昔所記數十種於今十年半忘之開圖若見故人面其間數種昔未窺客言一作云近歲花特異往往變出呈新枝洛人驚誇立名字買種不復論家貲比新較舊難一作莫優劣爭先擅價各一時當時絶品可數者魏紅窈窕姚黄妃壽安細葉開尚少一作早朱砂玉版人一作猶未知

傳聞千葉昔未有，只從左紫名初馳。四十年間花百變，最後最好潛溪緋。今花雖新我未識，未信與舊誰妍媸。當時一作年所見已云絶，豈有更好一作妍此可疑。古稱天下無正色，但恐世好隨時移。鞓紅鶴翎豈不美，斂色如避新來姬。何况遠說蘇與賀，有類異世誇嬙施。造化無情宜一槩，偏此著意何其私。又疑人心愈巧僞，天一作各欲鬬巧窮精微。不然元化朴散久，豈特近歲尤澆漓。爭新一作先鬬麗若不已，更後百載知何爲。但應新花日愈好，惟有我老年年衰。

鎮陽讀書

春深夜苦短燈冷焰不長塵蠹文字細病眸澁無光坐久百骸倦中遭群慮戕尋前顧後失得一念（一作而）十忘乃知學在少老大不可彊廢書誰與語歎息自悲傷因憶石夫子徂徠有茅堂前年來京師講學居上庠青衫綴朝士面有（一作乃弃）數畝桑不耐群兒噍束書歸故鄉却尋茅堂在高卧泰山傍聖經日陳前弟子羅兩廂大論吡佛老高聲（一作言）誦虞唐賓朋足棗栗兒女飽糟糠雖云待官闕便欲解朝裳有似蠶作繭縮身思自藏嗟我一何愚貪得不自量平生事筆硯自可娛文章開口攬時事論議爭煌煌退之嘗有

云名聲暫羶香，誤蒙天子知。侍從列班行，官榮日已寵。事業闇不彰，器小以一作而任大。蹟顛理之常，聖君雖不誅，在汝一作尔豈自遑。不能雖欲止，怳一作恍若失其方。却欲尋舊學，舊學已榛荒。有類邯鄲步，兩失皆茫茫。便欲乞身去，君恩厚須償。又欲求一州，俸錢貫歸裝。譬如歸巢鳥，將棲少徊翔。自覺誠未晚，收愚老纖緗。

留題鎮陽潭園

官雖鎮陽居，身是鎮陽客。北園潭上花，安問誰所植。春風無先後，爛漫爭紅白。一花聊一醉，盡醉猶須百而我病不飲，對花空歎息。朝來不能歸，暮看不忍摘。謂言花縱落，滿地猶可席。不來纔幾時，人事已非昔。芳枝結青杏，翠葉新奕奕。落絮風卷盡，春歸不留迹。空餘綠潭水，尚帶餘春色。疑（一作思）春竟何之，意謂追可得。東西遶潭行，蜂鳥已寂寂。惆然無所依，歸駕不停軏。寓興誠可樂，留情豈非惑。至今清夜夢，猶遶北潭北。

讀（一本有聖俞字）蟠桃詩寄子美

韓孟於文詞，兩雄力相當。（一本有偶以恠自戲作詩驚有唐兩句）篇章綴談笑，雷電擊幽荒。衆鳥誰（一作不）敢和，鳴鳳呼其皇。

孟窮苦纍纍韓富浩穰穰窮者啄其精富者爛文章

發生一爲宫㧗斂一爲商二律雖不同合奏乃鏘鏘

天之産奇恠希世不可常寂寥二百年至寶埋無光

郊死不爲島聖俞發其藏患世愈不出孤吟夜號〔一作夜號清〕霜霜寒入毛骨清響哀〔一作乃〕愈長玉山禾難熟

終歲苦飢腸我不能飽之更欲不自量引吭和其音

力盡猶勉彊〔一本有嗟我於韓徒足未及其牆而子得孟骨英靈空北印四句〕誠知

非所敵但欲繼前芳近者蟠桃詩有傳來北方發我

衰病思藹如得春陽忻然便欲和洗硯坐中堂墨筆

不能下悦悦〔一作恍恍〕若有亡老雞觜爪硬未易犯其場

不戰先一作斂自却，雖奔一作然未甘降。更一作便欲呼子美，子羨隔濤江。其人雖憔悴，其志獨軒一作昂昂。氣力誠當對，勝敗可交相。安得二子接揮鋒，兩交鋌，我亦願助勇，鼓旗譟其旁。快哉天下樂，一醻宜百觴。乖離難會合，此志何由償？

初伏日招王幾道小飲

北園數畝官墻下，嗟我官居如傳舍。滹沲北渡馬踏冰一作跡，西山病歸花已謝。落英不見空繞樹，細草初長猶可藉。空園一鎖不復窺，不覺芳蹊繁早夏。隔墻時時聞好鳥，如得嘉一作佳客聽清話。今朝試去繞園尋綠李橫枝礙行馬蒲萄憶見初引蔓翠葉陰一作成陰還滿架紅榴榴一作花最晚子已繁猶有殘花藏葉罅一本有雖無桃李競繁華固有竹柏資瀟洒兩句人生有酒復何求官事無了須偷暇古云伏日當早歸況今著令許休假能來解帶相就飲爲子掃月開風榭

白髮喪女師作一本無下四字

吾年未四十三斷哭子腸一割痛莫忍屢痛誰能當割腸痛連心心碎骨亦傷出我心骨血灑爲清淚行淚多血已竭毛膚冷無光自然鬚與鬢一作鬢與鬚未老先蒼蒼

永陽大雪

清流關前一尺雪，鳥飛不度人行絶。冰連（一作沍）谿谷麋鹿死，風勁野田桑柘折。江淮卑濕殊北地，歲不苦寒常疫癘。老農自言身七十，曾見此雪纔三四。新陽漸動愛日輝，微和習習東風吹。一尺雪，幾尺泥，泥深麥苗春始肥。老農爾豈知帝力，聽我歌此豐年詩。

送章生東歸

窮山（一作廬）荒僻人罕顧，子以一身千里來。問子之勤何所欲，自慚報子無瓊瑰。非徒多難學久廢，世事漸懶由心衰。吳興先生富道德，侁侁弟子皆賢材。鄉閭

禮讓已成俗餘風漸被来江淮子年方少力可勉往
與夫子爲顔回

居士集卷第二

熈寧五年秋七月男發等編定
紹熈二年三月郡人孫謙益挍正

送楊闢秀才詩如渴飲醴酪諸本同惟衢本作潼酪朝佐按列子乳潼有餘謝承後漢書乳爲生潼湩乳汁也音種訛而爲潼史記匈奴傳湩酪之美今正之

送慧勤歸餘杭詩箘笋鄗羔羊衢本建本吉本作箘從竹吉州羅寺丞家京師舊本蜀本作菌從艹朝佐按箘簬美竹也菌蕈也呂氏春秋越駱之菌注竹筍也本亦從艹今兩存之

送慧勤　未飯一作供　歸兮一作歸去

絳守居園池　駭羣一作駿羣

晉祠　窺一作觀　豪俠一作游俠　高壘一作孤壘

登嵩巫亭　朝暮石本作昏朝　綽約京本作婥約莊子作淖約

飛谷夜行　轢一作鑠

病中寄聖俞　冰消一作消消

班班林間鳩　官禄一作宦禄

鎮陽讀書　官榮一作宦榮　躋顛一作顛躋

讀蟠桃詩　子羨二字上一有蘇字　寥一作寞

初伏小飲　殘花一作殘紅

永陽大雪　鳥飛一作飛鳥

此卷班班林間鳩寄內云次第推甲乙廣韻第字

注云次第說文云本作弟韋束之次第也今爲兄弟字又漢複姓玉篇亦謂第字今爲第幾明非古也然則古惟用弟字未嘗加竹史傳皆然故公集凡言次第兄弟之類並用弟字近世既分而爲二印本從之今難盡正書此以示後人

居士集卷第三　　　　歐陽文忠公集三

古詩三十一首

啼鳥

窮山候至陽氣生百物如與時節爭官居荒涼草樹密撩亂紅（一作紅殺）亂紫閙繁英花深葉暗耀朝日日（一作一）暖衆鳥皆嚶鳴鳥言我豈解爾意綿蠻但愛聲可聽南窻聽多春正美百舌未曉催天明黃鸝顏色已可愛舌端啞咤如嬌嬰竹林靜啼（一作啼晝）青竹筍深處不見惟聞聲陂田遶郭白水滿戴勝穀穀催春耕誰謂鳴鳩拙無用雄雌各自知陰晴雨聲蕭蕭泥滑滑

草深苔緑無人行獨有花上提葫蘆勸我沽酒花前傾其餘百種各嘲啽異鄉殊俗難知名我遭讒口身落此每聞巧舌宜可憎春到山城苦寂寞把盞常恨無娉婷花開鳥語輒自醉醉與花鳥爲交（一作友）朋花能嫣然顧我笑鳥勸我飲非無情身閑酒美惜光景惟恐鳥散花飄零可笑靈均楚澤畔離騷憔悴愁獨醒

遊瑯琊山

南山一尺雪雪盡山蒼然澗谷深自暖梅花應已繁使君猒騎從車馬留山前行歌招野叟共步青林間

長松得高蔭，盤石堪醉眠。止樂聽山鳥，携琴寫幽泉。愛之欲忘返，但苦世俗牽。歸時始覺遠，明月高峯巔。

讀徂徠集

徂徠魯東山，石子居山阿。魯人之所瞻，子與山嵳峩。今子其死矣，東山復誰過。精魄已埋没，文章豈能磨。壽命雖不長，所得固已多。舊藳偶自録，滄溟之一蠡。其餘誰付與，散失存幾何。存之警後世，古鑑照妖魔。子生誠多難，憂患靡不羅(音羅)。官學三十年，六經老研摩。問胡所專心，仁義丘與軻。揚雄韓愈氏，此外豈知他。尤勇攻佛老，奮筆如揮戈。不量敵衆寡，膽大身么

麼往年遭母喪泣血走岷峨垢面跣雙足鋤犁事田
坡至今鄉里化孝悌勤蠶禾昨者來太學青衫踏朝
靴陳詩頌聖德厥聲續猗那羔鴈聘黄睎睎驚走鄰
家施爲可恠駭世俗安委蛇謗口由此起中之若飛
梭上賴天子明不挂網者羅憶在太學年大雪如翻
波生徒日盈門飢坐列鴈鵝絃誦聒鄰里唐虞賡詠
歌常續最高第騫游各名科豈止學者師謂宜國之
睹夭壽反仁鄙誰尸此偏頗不知諏諏者又忍加詆
訶聖賢要久遠毁譽暫諠譁生爲舉世疾死也一作者
魯人嗟作詩遺魯社祠子以爲歌

大熱二首

四時成萬物，寒暑迭鈞陶。壯陽當用事，大夏蒸炎歊。
造化本無情，怨咨徒爾勞。身微天地闊，四顧無由逃。
九門閶闔開，萬仞崑崙高。積雪寒凜凜，清風吹寥寥。
嗟我雖欲往，而身無羽毛。

陽暉爍四野，萬里纖雲收。羲和困路遠，正午當空留。
枝條不動影，草木皆含愁。深林虎不嘯，卧喘如吳牛。
蜩蟬一何微，嗟爾徒啾啾。

幽谷泉

踏石弄泉流，尋源入幽谷。泉傍野人家，四面深篁竹。

溉稻蒲春疇鳴渠遶茅屋生長飲泉甘蔭泉栽美木潺湲無春冬日夜響山曲自言今白首未慣逢朱轂顧我應可恠每來聽不足

百子坑賽龍（百一作栢）

嗟龍之智誰可拘出入變化何須臾壇平樹古潭水黑沉沉影響疑有無四山雲霧忽晝合瞥起直上拏空虚龜魚帶去半空落雷輷電走先後驅傾崖倒澗聊一戲頃刻萬物皆涵濡青天却掃萬里静但見緑野如雲敷明朝老農拜潭側鼓聲坎坎鳴山隅野巫醉飽廟門闔狼藉烏鳥爭殘餘

憎蚊

擾擾萬類殊可憎非一族甚哉蚊之微豈足汙簡牘乾坤量廣大善惡皆含育荒茫一作荒三五前民物交相黷禹鼎象神姦蛟龍遠潛伏周公驅猛獸人始居川陸爾來千百年天地得清肅大患已云除細微遺不録蠅虻蚤虱蟣蜂蝎蚖蛇蝮惟爾於其間有形纔一粟雖微無柰衆惟小難防毒甞聞高郵間猛虎死淩辱哀哉露筋女萬古讎不復水鄉自宜爾可怪窮邊俗晨飧下帷幬盛暑泥駒犢我來守窮山地氣尤卑溼官閑懶所便惟睡宜偏足難堪爾類多枕席猷

緑樸燻簷一作之苦煙埃燎壁疲照燭荒城繁草樹旱氣飛炎熇羲和驅日車當午不轉轂清風得夕涼如赦脱囚梏掃庭露青天坐月蔭嘉木汝寧無他時一作日忍此見一作見此迫促翾翾伺昏黑稍稍出壁屋填空來若翳聚隙多可掬叢身疑陷圍聒耳如遭哭猛攘欲張拳暗中甚一作疑飛鏃手足不自救其能營背腹盤飧勞扇拂立寐儃僮僕端然窮百計還坐瞋雙目於吾固不較在爾誠爲酷誰能推物理無乃乖人欲騶虞鳳皇麟千載不一矚思之不可見惡者無由逐

重讀徂徠集

我欲哭石子夜開徂徠編開編未及讀涕泗已漣漣

勉盡三四章收淚輒忻懽切切一作昭昭一作昭晰善惡戒丁

寧仁義言如聞子談論疑子立我前乃知長在世誰

謂已子一作沉泉昔也人事乖相從常苦艱今而每思

子開卷子在類我欲貴子文刻以金玉聯金可爍而

銷玉可碎非堅不若書一作傳以紙六經皆紙傳但當

書百本一作傳十以爲百傳百以爲千或落於四夷或藏在

一作於深山待彼謗焰一作豔熄放此光芒懸人生一世

中長短無百年無窮在其後萬世在其先得長多幾

何得短未足憐惟彼不可朽名聲文行然讒誣不須

辨亦止百年間百年後來者憎愛不相緣公議然後出自然見媸妍孔孟困一生毀逐遭百端後世苟不公至今無聖賢所以忠義士恃此死（一作輕死此）不難當子病方華謗辭正騰喧衆人皆欲殺聖主獨保全已埋猶不信僅免斲其棺此事古未有每思輒長嘆我欲犯衆怒爲子記此冤下紓冥冥忿仰叫昭昭天書於蒼翠石立彼崔嵬巔詢求子世家恨子兒女頑經歲不見報有辭未能銓（一作詮）忽開子遺文使我心已寬子道自能久吾言豈須鐫

汝夔答仲儀（一作答王素 汝夔）

君嗟汝瘿多，誰謂汝土惡。汝瘿雖云苦，汝民居自樂。鄉閭同飲食，男女相媒妁。習俗不爲嫌，譏嘲豈知怍。汝山西南險，平地猶磽确（一作确犖，一作磽礐，一作确礐）。汝樹生擁（一作癰）腫，根株漫溪壑。山川固已然，風氣宜其濁。接境化襄鄧，餘風被伊雒。思予昔曾遊，所見可驚愕。喔咿聞語笑，纍纍滿城郭。傴婦懸甕盎，嬌嬰包卵轂。無由辨肩頸，有類龜縮殼。噫人稟最靈，反不如鳧鶴。駢枝雖形累，小小固（一作故）可略。癰瘍暫畜聚，決潰終當涸。贅疣附支體，幸或不爲虐。未若此巍然，所生非所託。咽喉繫性命，鍼石難砭（一作破）削。農皇古神聖，爲世名百藥豈不有方書頑然莫銷爍（一作鑠）溫湯汝靈泉亦不能湔滌君官雖謫居政可瘳（一作療）民瘼奈何不哀憐而反恣訶（一作嘲）詎文辭騁新工醜恠極名貌汝士雖多奇汝女少纖弱翻愁太守宴誰與唱清角乖離南北殊魂夢山陂邂逅握手未知期寄詩（一作書）聊一噱

滄浪亭（一本上云寄題子美）

子美寄我滄浪吟邀我共作（一作賦）滄浪篇滄浪有景不可到使我東望心悠然荒灣野水氣象古高林翠阜相回環新篁抽筍添夏影（一作景）老枿亂發爭春妍水禽閑暇事高格山鳥日夕相啾喧不知此地幾興

廢仰視喬木皆蒼煙堪嗟人迹到不遠雖有來路曾無緣窮奇極恠誰似子搜索幽隱探神仙初尋一逕入蒙密豁目異境無窮邊風高月白最宜夜一片瑩淨鋪瓊田清光不辨水與月但見空碧涵漪漣（一有姑蘇臺邊人響絶夜静往往聞鳴船兩句）清風明月本無價可惜秖賣四萬錢又疑此境（一作景）天乞與壯士憔悴天應憐鴟夷古亦有獨往江湖波濤渺瀰天崎嶇世路欲脫去反以身試蛟龍淵豈如（一作知）扁舟任飄兀紅渠渌浪搖醉眠丈夫身在豈長弃新詩美酒（一作詩新酒美）聊窮年雖然不許俗客到莫惜佳句人間傳

寶劍

寶劒匣中藏牖室夜常（一作明）欲知天將雨錚爾劒有聲神龍本一物氣類感則鳴常恐躍匣去有時暫開鎬（疑止當作稿）煌煌七星文照耀三尺冰此劒在人間百妖夜收形姦宄與佞媚膽破骨亦驚試以向星月飛先射攙槍藏之武庫中可息天下兵柰何狂胡兒尚敢邀金繒

秋晚凝翠亭（探韻作）

黄葉落（一作落葉滿）空城青山遶官廨風雲凄已高歲月驚何邁陂田寒未收野水淺生泒晴林紫榴坼霜日

紅梨曬蕭踈喜竹勁寂寞傷蘭敗叢菊如有情幽芳慰孤介嘉客日可携寒醅美新醡音債登臨無猒頻冰雪行即屆

菱溪大一本無大字石

新霜夜落秋水淺有石露出寒溪垠苔昏土蝕禽鳥啄出没溪水秋復春溪邊老翁生長見疑我來視何殷勤愛之遠徙向幽谷曳以三犢載兩輪行穿城中罷市看但驚可怪誰復珍荒煙野草埋没久洗以石竇清泠泉朱欄緑竹相掩映選一作邀致佳處當南軒南軒旁列千萬峯曾未有此奇嶙峋乃知異物世所

少萬金爭買傳幾人山河百戰變陵谷何爲落彼荒溪澮山經地誌不可究遂令異説爭紛紜皆云女媧初鍛鍊融結一氣凝精純仰視蒼蒼補其缺染此紺碧瑩且温或疑古者燧人氏鑽以出火爲炮燔茍非神聖親手迹不爾孔竅（一作穴）誰雕劖又云漢使把漢節西北萬里窮崑崙行經于闐得寶玉流入中國隨河源沙磨水激自穿穴所以鐫鑿無瑕痕嗟予有口莫能辨歎息但以兩手捫盧仝韓愈不在世彈壓百恠無雄文爭奇鬭異各取勝遂至荒誕無根原天高地厚靡不有（一作有定）醜好萬狀奚足論惟當掃雪席其

側日與嘉客陳清罇

送姜秀才遊蘇州

憶從太學諸生列，我尚弱齡君秀發。同時並薦幾存亡，一夢十年如倏忽。壯心君未減青春，多難我今先白鬖。山花撩亂鳥綿蠻，更盡一罇明日別。

送孫秀才

高門煌煌爀如赭，勢利聲名爭借假（一作假借）。嗟哉子獨不顧之，訪我千山一羸馬。明珠渡水覆舟失，贈我璣貝猶滿把（生携文數十篇見訪，渡江而失）。遲遲顧我不欲去，問我無窮慚報寡。時之所弃子獨嚮，無乃與世異取捨。

新霜二首

天雲慘慘秋陰薄臥聽北風鳴屋角平明驚鳥四散飛一夜新霜群木落南山鬱鬱舊可愛千仞巉巖如刻削林枯山瘦失顔色我意豈能無寂寞衰顔得酒猶彊發可醉豈須嫌酒濁泉傍菊花方爛漫短日寒輝相照灼無情木石尚須老有酒人生何不樂

荒城草樹多陰暗日夕霜雲意濃淡長淮漸落見洲渚野潦初清一作晴收瀲灩蘭枯蕙死誰復弔殘菊蘺根爭豔豔青松守節見臨危正色凜凜不可犯芭蕉芰荷不足數狼藉徒能污池檻時行收斂歲將窮冰

雪嚴凝從此漸咿呦兒女感時節愛惜朱顏屢窺鑑
惟有壯士獨悲歌拂拭塵埃磨古劍

豐樂亭小飲

造化無情不擇物春色亦到深山中山桃溪杏少意
思一作有誰顧自趁時節開春風看花遊女不知醜古粧
野態爭花紅人生行樂在一作當勉彊有酒莫負瑠璃
鍾主人勿笑花與女嗟爾自是花前翁

四月九日幽谷見緋桃盛開

經年種花滿幽谷花開不暇把一巵一作杯人生此事
尚難必況欲功名書鼎彝深紅淺紫看雖好一作美顏

色不柰東風吹緋桃一樹獨後發意若待我留芳菲清香嫩蘂含不吐日日怪我來何遲無情草木不解語向我有意偏依依羣芳落盡始爛漫榮枯不與衆豔隨念花意厚何以報唯有醉倒花東西盛開比落猶數日清一作芳鐏尚可三四携

秋懷二首寄聖俞一本擬孟郊體秋懷

孤管叫秋月清砧韻霜風天涯遠夢歸一作歸遠夢驚斷山千重群物動已息百憂感從中日月矢雙流四時環無窮隆陰夷老物摧折壯士胷壯士亦何爲素絲悲青銅

羣木落空原南山高巃嵸巉巖想詩老瘦骨寒愈聳詩老類秋蟲吟秋聲百種披霜一作芳擬孤英泣古弔荒冢琅玕叩金石清響聽生悚何由幸見之使我滌煩冗飛鳥下東南音書無日捧

希真堂東一本無東字手種菊花十月始開

當春種花唯恐遲我獨種菊君勿誚春枝滿園爛張錦風雨須臾落顛倒看多易猒情不専闘紫誇紅隨俗好豁然高秋天地肅百一作萬物衰零誰暇弔君看金蘂正芬敷曉日浮霜相照耀一本有後時寧與竹栢榮媚世不爭桃李笑兩句煌煌正色秀可餐藹藹清香寒愈峭高人避喧

守幽獨淑女靜（一作靚）容修（一作羞）窈窕方當搖落看轉佳慰我寂寥何以報時携一罇相就飲如得貧交論久要我從多難壯心衰迹與世人殊靜躁種花勿（一作不）種兒女花老大安能逐年少

拒霜花

芳菲能幾時顏色如自愛鮮鮮弄霜曉裊裊含風態蕙蘭殞秋香桃李媚（一作嬌）春醉時節雖不同盛衰終一致莫笑黄菊花籬根守憔悴

懷嵩樓晚飲示徐無黨無逸（一本作奉和徐生見示懷嵩樓晚飲一本無見示字）

淤山不通車滁水不載舟舟車路所窮嗟誰肯來遊念非吾在此二子來何求不見忽三年見之忘百憂問其別後學初若繭緒抽縱橫漸組織文章爛然浮引伸無窮極卒歛以軻丘少進日如此老退誠可羞弊邑亦何有青山遶城樓泠泠谷中泉吐溜彼一作被山幽石醜駭溪恠天奇瞰龍湫子初如可樂久乃歎以愀云此譬圖畫暫看已宜收荒涼一作村草樹間暮館城南陋破屋仰見星窻風冷如鎪歸心中夜起輾轉卧不周我爲辦酒肴羅列蛤與蚌酒酣微探之仰笑不領頭曰予非此儂又不負譴尤自非世不容安

事此爲因幸以主人故崎嶇幾摧輈一來勤已多而況欲久留我語頻遭屈顏慚汗交流川塗冰已壯霰（一作霜）雪行將稠羨子兄弟秀雙鴻翔高秋嗈嗈飛且鳴歲暮憶南州飲子今日歡重我明日愁來貺辱已厚贈言媿非酬

瑯琊山六題（一本作山中六題注云瑯琊山中六題）

歸雲洞

洞門常自（一作似）起煙霞洞穴傍穿透谿谷朝看石上片雲陰夜半山前春雨足

瑯琊谿

空山雪消谿水漲遊客渡谿横古槎不知谿源來遠近但見流出山中花

石屏路

石屏自倚浮雲外石路久無人跡行我來携酒醉其下卧看千峯秋月明

班春亭

信馬尋春踏雪泥醉中山水弄清輝野僧不用相迎送乘興閑來興盡歸

庶子泉

庶子遺蹤留此地寒嵓徙倚弄飛泉古人不見心可

見一片清光長皎然

惠覺方丈

青松行盡到山一作松門亂峯深處開方丈已能宴坐老山中何用聲名傳海上

居士集卷第三

熙寧五年秋七月男發等編定

紹熙二年三月郡人孫謙益校正

汝癭詩平地猶确礐衢本作确犖吉本作磽礐建本作确礐蜀本羅氏本作磽确朝佐按字書磽通作墝确通作埆礐磬磽确不平也犖駁牛也礐石相扣聲确犖磽礐确礐字各不同今從蜀本羅氏本作磽确而以諸本注其下　語笑一作笑語

啼鳥　花開一作間

讀徂徠集　唐虞賡詠歌歌一作謌　反仁一作及仁

幽谷泉　日夜石本作夜夜

懵蚊　出壁屋出一作去

汝癭　有類一作似

滄浪亭到不遠（到一作去）紅渠（一作蕖）

寶劍照曜（曜一作燿）

菱溪大石初鍛（一作所鍛）歎息（一作惜）

送孫秀才争借假（一作相假借）與世（一作時）

新霜風鳴（一作吹）歲將（一作歲物）

幽谷見緋桃人生此事尚難必（一作世間小事尚如此）

秋懷吟秋（一作鳴秋）琅玕（一作琅琅）下東南（下一作不）

懷嵩樓晚飲日如此（日一作且）欲久留（久一作之）南州（州一作洲）

居士集卷第四　歐陽文忠公集四

古詩二十四首

贈無爲軍李道士二首 名景仙

無爲道士三尺琴，中有萬古無窮音。音如石上瀉流水，瀉之不竭由源深。彈雖在指聲在意，聽不以耳而以心。心意既得形骸忘，不覺天地白日愁雲陰。

李師琴紋一作形如卧蛇，一彈使我三咨嗟。五音商羽主肅殺，颯颯坐上風吹沙。忽然黄鍾回暖律，當冬草木皆萌牙。郡齋日午公事退，荒涼樹石相交加。李師一彈鳳凰聲，空山百鳥停嘔啞。我怪李師年七十，面目明秀光如霞問胡以然（一作試問胡以　一作試問胡然）笑語我慎勿辛苦求丹砂惟當養其根自然燁其華（一本無上二句）又云理身如理琴正聲不可干以邪我聽其言未云足野鶴何事還思家抱琴揖我出門去獵獵歸袖風中斜

拜赦（一作勑）

拜赦（一作勑）古州南山火明烈烈州人共喧喧兩丱扶白髮丁寧天語深曠蕩皇恩闊乃知天地施幽遠無間別欣欣草木意喜氣消殘雪

彈琴效賈島體

古人不可見，古人琴可彈。彈爲（一作琴）古曲聲，如與（一作聞）聞古人言。琴聲雖可聽，琴意誰能論。橫琴置牀頭，當午曝背眠。夢見一丈夫，嚴嚴古衣冠。登牀取之坐（一作我琴），調作南風絃。一奏風雨（一作南）來，再鼓變雲烟。鳥獸盡嚶鳴，草木亦滋蕃。乃知太古時，未遠可追還。方彼夢中樂，心知口難（一作難口）傳。旣覺失其人，起坐涕汍瀾。

酬學詩僧惟晤

詩三百五篇，作者非一人。羈臣與弃（一作賤）妾，桑濮乃淫奔。其言苟（一作或）可取，龐雜不全純。子雖（一作之）爲佛徒，未易廢其言。其言在合理，但懼學不臻。子佛（一作之）

與吾儒異轍難同輪（一作共論）子何獨吾慕自忘夷其身苟能知所歸固有路自新誘進或可至拒之誠不仁維詩於文章太山一浮塵又如古衣裳組織（一作繡）爛成文拾其裁剪餘未識衮服尊嗟子學雖（一作已）勞徒自苦骸筋（一作自遠涉江津）勤勤袖卷軸一歲三及門惟（一作何）求一言榮歸以耀（一作輝）其倫與夫榮其膚不若啓（一作豈若習）其源韓子亦嘗謂收斂加（一作以）冠巾、

別後奉寄聖俞二十五兄（一本作叙別寄聖俞兼酬進道堂夜話見寄之什）

長河秋雨多夜插寒潮（一作湖）入歲暮孤舟遲客心飛

鳥急君老忘卑窮文字或綴緝余生若難阸一作拙世險蹈已習離合二十年乖睽多聚集常時飲酒別今別輒飲泣君曰吾老矣不覺兩袖濕我年雖少君白髮已揖揖即入反憶初京北門送我馬暫立自兹遭檻穽一落誰引汲顛危偶脫死藏竄甘自縶一作蟄但令身尚在果得手重執聞來喜迎前貌改驚乍揖別離纔幾時舊學廢百十殘章一作編與斷藁草草各收拾空窻一作堂語青燈夜雨聽霰霰一作濺濺明朝解舟南歸翼縱莫戢還期明月飲幸此中秋又酒酣弄篇章四坐困供給歡言正喧譁別意忽於邑日暮北亭上濁

醪聊（一作猶）共挹輕（一作歸）橈動翩翩晚水明熠熠行心（一作貪前）去雖迫訣語出猶澁歸來錄君詩卷軸多䚢䚢誰（一作雖）云已老矣意氣何業岌惜哉方壯時千里足常畢知之莫予深力不足呼吸歎吁偶成篇聊用綴君什

紫石屏歌（一本作月石硯屏歌寄蘇子美）

月從海底來行上天東南正當天中時下照千丈潭潭心無風月不動倒影射入紫石巖月光水潔石瑩淨（一作澈）感此陰魄來中潛自從月入此石中天有兩曜分為三清光萬古不磨滅天地至寶難藏緘天公

呼雷公夜持巨斧隳斬巖墮此一片落千仞皎然寒鏡在玉匳蝦蟇白兔走天上空留桂影猶杉杉（一作毿毿）景山得之（一作號州刺史）惜不得贈我意與（一作比）千金兼自云每到月滿時石在暗室光出簷大哉天地間萬怪難悉談嗟予不度量每事思窮探欲將兩耳目所及而與造化爭毫纖煌煌三辰行日月尤尊嚴君令下與物爲比（去聲）擾擾萬類將誰瞻不然此石竟何物有口欲說嗟如鉗吾奇（一作知）蘇子胷羅列萬象中包含不惟胷寬膽亦大屢出言語驚愚凡自吾得此石未見蘇子心懷慚不經老匠先指決有手誰敢施鐫鑱

呼工畫石持寄似（一作此）幸子留意其無謙

聚星堂前紫薇花

亭亭紫薇花，向我如有意。高煙晚溟濛，清露晨點綴。豈無陽春月，所得時節異。靜女不爭寵，幽姿如自喜（音戲）。將期誰顧眄，獨伴我憔悴。而我不彊飲，繁英行亦墜。相看兩寂寞，孤詠聊自慰。

獲麟贈姚闢先輩

世已無孔子，獲麟意誰知。我嘗爲之說，聞者未免非。而子獨曰然，有如塤應篪。惟麟不爲瑞，其意乃可推。春秋二百年，文（一作辭）約義甚夷。一從聖人没，學者自爲師峥嶸衆家説平地生嶔巇相訟益迂怪各鬭出新奇爾來千餘歲（一作千載餘，一作千歲餘）舉世不知迷焯哉聖人經照耀萬世疑自從蒙衆説日月遭蔽虧常患無氣力掃除浮雲披還其自然光萬物皆見之予昔已好古此經手常持超然出衆見不爲俗牽卑近又脱賦（一作賤）格飛黄擺銜羈聖門開大道夷路肆騰嬉便可勸衆説旁通（一作異端）塞多歧正途趨（一作常）簡易慎勿事嶇崎著述須待老積勤宜少時苟思垂後世大禹尚胼胝顧我今老矣兩瞳（一作目，一作眼）蝕昏眵大書難久視心在力已衰因思少自弃今縱悔可追戒我以勉

子臨文但吁嘻

喜雨

大雨雖霶霈隔轍分晴陰小雨散浸淫爲潤廣且深浸淫苟不止利澤何窮已無言雨大小（一作言雨大小異）小雨農尤喜宿麥已登實新禾未抽秧（一作穗）及時一日雨終歲飽豐穰夜響流霡霂晨暉霽蒼涼川原淨如洗草木自生光童稚喜瓜芋耕夫望陂塘誰云田家苦此樂殊未央

飛蓋橋翫月（一本題上有六月十四夜）

天形積輕清水德本虛靜雲收風波止始見天水性

澄光與粹容上下相涵映乃於其兩間皎皎掛寒鏡餘暉所照耀萬物皆鮮瑩矧夫人之靈豈不醒視聽而我於此時翛一作倏然發孤詠紛昏忻洗滌俯仰恣涵泳一本無上二句人心曠而閑月色高愈一作逾迥惟恐清夜闌時時瞻斗柄

竹間亭

啾啾竹間鳥日夕相嚶鳴悠悠水中魚出入藻與萍水竹魚鳥家伊誰作斯亭翁來無車馬非與彈弋幷潛者入深淵飛者散縱橫奈何翁屢來浪使飛走驚忘爾榮與利脫爾冠與纓還來尋魚鳥傍此水竹行

鳥語弄蒼翠，魚遊翫清澄。而翁乃何爲，獨醉還自醒。三者各自適，要歸亦同情。翁乎知此樂，無猒日來登。

答呂公著見贈（一本作奉答通判太博爲予不飲見贈之作）

晉人歌蟋蟀，孔子録於詩。因知聖賢心，豈不惜良時。行樂不及早，朱顔忽焉衰。馳光如騕褭，一去不可追。今也不彊飲，後雖悔奚爲。三年謫永陽，陷穽不知危。種樹滿幽谷，疏泉瀉清池。新陽漾山木，撩亂發枯枝。無人歌青春，自酹白玉巵。今者荷寛宥（一作恩），乞（一作得）州從爾宜。西湖舊已聞，既見又過之。藹藹間紅緑，鴛鴦浮渺瀰。四時花與竹，罇俎（一作酒）動可隨。況與賢者同薰然襲(一作偉)蘭芝醁醅寒且醥清唱婉而遲(一作奇)四坐各已醉臨觴獨何疑昔人逢麴車流涎尚垂頤况此盃中趣久得樂無涯多憂衰病早心在良可噫(一作嘻)譬若卧櫪馬聞鼙(一作鼓)尚鳴悲春膏已動脉(一作忽已動)百卉漸葳蕤丹砂得新方舊疾庶可治尚可執鞭弭周旋以忘疲

送滎陽魏主簿廣(一本作送魏廣)

卓犖東(一作魏)都子姓名聞十年窮冬雪塞空千里至我門子足未及閾我衣驚倒顛僕童(一作童僕)相視疑寮吏或不然俛首鶖鶴啄進趨凫鴈聯青衫靴兩(一作兩靴)

脚言色倩（一作情）以温於公門豈少乃獨得公懽受知固不易知士誠尤難我思屈童吏欲辯難以言觴豆及嘉節高堂列羣賢文章看落筆論議馳後先破石出至寶決高瀉長川光暉相磨晻浩渺肆波瀾寮吏媿我歎僕童（一作童僕）恪生顔我顧寮吏嘻士豈以此觀此聊為戲耳以驚僕童（一作童僕）昏士欲見其守視其居賤貧欲知其所趨試以義利干我始識其面已窺其肺肝禮有來必往木瓜報琅玕十年思見之一日捨我還何用慰離居贈子以短篇

青松贈林子（國華一本作贈林國華秘校）

青松生而直，繩墨易爲功一作攻。良玉有天質，少加一作假磨與礲。子誠懷美材一作君實有美才，但未遭良工。養育既堅好，英華充厥中。於誰以成之，孟韓荀暨雄。

人日聚星堂燕集探韻得豐字

汙池以其下，衆流之所鍾。尺水無長瀾，蛟龍豈其容。顧予誠鄙薄，羣俊枉高蹤。得一不爲少，雖多肯辭豐。譬如登圜壇，羅列璧與琮。又若饗鈞天，左右間笙鏞。文章爛照耀，應和相撞舂。而予處其間，眩晃不知從。退之亦嘗云，青蒿倚長松。新陽發羣枯，生意漸丰茸。暮雪浩一作皓方積，醁醅寒更濃。毋言輕此樂，此樂難

屢逢

橄欖

五行居四時，維火盛南訛。炎焦陵木氣，橄欖得之多。
酸苦不相入，初爭久方和。霜苞入中州，萬里來江波。
幸登君子席，得與衆果羅。中州衆果佳，珠圓玉光瑳。
媿兹微陋質，以遠不見訶。餳飴兒女甘，遺味久則那。
良藥不甘口，厥功見沉痾。忠言初猒之，事至悔若何。
世已無採詩，詩成爲君哦。

鸚鵡螺

大哉滄海何茫茫，天地百寶皆中藏。牙鬚（一作鬣）甲角爭光鋩腥風怪雨灑幽荒珊瑚玲瓏巧綴裝珠宮貝闕爛煌煌泥居殼屋細莫詳紅螺行沙夜生光一本作珠宮貝闕爛煌煌泥居殼室細莫詳珊瑚玲瓏巧綴粧腥風怪雨灑幽荒紅螺行砂夜生光負材自累遭刳腸匹夫懷璧古所傷濃沙剥蝕隱文章一本注胡人謂硇砂爲濃沙出本草磨以玉粉緣一作鉛金黃清罇旨酒列華堂朧鳥回頭思故鄉美人清歌蛾眉揚一酹凛冽回一作爲春陽物雖微遠用則彰一螺千金價誰量豈若泥下追含漿

食糟民

田家種糯官釀酒榷利秋毫升與斗酒沽得錢糟弃

物一作不弃大屋經年堆欲朽酒醅瀺灂如沸湯東風來吹酒瓮香纍纍罌與瓶惟恐不得嘗官沽味醲村酒薄日飲官酒誠可樂不見田中種糯人釜無糜粥度冬春還來就官買糟食官吏散糟以為德嗟彼官吏者其職稱長民衣食不蠶耕所學義與仁仁當養人義適一作識宜言可聞達力可施上不能寬國之利下不能飽爾一作民之飢我飲酒爾食糟爾雖不我責我責何由逃

送焦千之秀才

焦生獨立士勢利不可恐誰言一身窮自待九鼎重

有能揭之行可謂仁者勇呂侯（一作倅）相家子德義勝華寵焦生得其隨道合若膠鞏始生及吾門徐子喜驚踊曰此難致寶一失何由踵自吾得二生（一作子）槃槃獲雙珙奈何奪其一使我意紛亂吾嘗愛生材抽擢方鬱翁（音委勇反，一作蓊）猶須老霜雪然後見森聳況從主人賢高行可傾竦讀書趨簡要害說去雜冗新文時我寄庶可蠲煩壅

伏日贈徐焦二生（一本作徐焦二子伏日遊西湖余以病不能往因以贈之）

徐生純明白玉璞焦子皎潔寒泉冰清光瑩爾互輝

映當暑自可消炎蒸平湖綠波漲渺渺高樹一作樹古木陰層層嗟哉我豈不樂此心雖欲往身未能俸優食飽力不用官閑日永一作心樂睡莫興不思高飛慕鴻鵠反此愁卧償蚊蠅三年永陽子所見山林自放樂可勝清泉白石對斟酌巖花野鳥一作草爲交朋崎嶇磵谷窮上下追逐猿狖爭超騰一作陞酒美賓佳足自負飲酣氣橫猶驕矜奈何乖離纔幾日蒼顏非舊白髮增彊歡徒勞歌且舞勉飲寧及合與升行揩眼眵一作捷旋看物坐見樓閣先愁登頭輕目明脚力健羨子志氣將飄凌只今心意已如此終竟事業知一作將

何稱少壯及時宜努力老大無堪還可憎

寄生槐一本題上有答張推官庭檜

檜惟凌雲材槐實凡木賤奈何柔脆質累此孤高幹
龍鱗老蒼蒼鼠耳光欒欒因緣初莫原感吒徒自歎
偷生由附託得勢爭蔥蒨方其榮盛時曾莫見眞贋
欲知窮悴節宜試以霜霰萌牙起微蘖辨別能先見
剪除初非難長養遂成患雖然根性殊常恐枝葉亂
惟應植者深幸不習而變含容固有害勦絕須明斷
惟當審斤斧去惡無傷善

韓公一本公作定州閱古堂

兵閑四十年士不識金華水旱數千里民流誰墾闢公初來視之嘻此乃予責將法多益辦萬千由十百整齊(一作容)談笑間進退有寸尺曰此易爲耳在吾繩輿壘天成而地出古所重民食貯儲非一朝人命在旦夕惟茲將奈何敢不竭吾力木牛尚可運玉罄(一作磬)猶走羅因難乃見材不止將有得公言初未信終歲考成績驕惰識恩威謳吟起羸瘠貔貅著行伍倉廩飽堆積文章娛閑暇(一作弄閑散)傳記尋(一作觀)往昔英英文與武粲粲圖四壁酒令列諸將談鋒摧辯客周旋顧視間是不爲無益循吏一州守將軍萬夫敵於

公豈止然事業本夔稷富壽及黎庶威名懾夷狄當歸廟堂上有位久（一作況）虛席大匠不揮斧衆工隨指畫從容任羣材文武各以職

永州萬石亭（寄知永州王顧一本上有寄題注云柳子厚亭）

天於生子厚禀予獨艱哉超凌驟拔擢過盛輒傷摧若其危慮（一作屬）心常使鳴聲哀投以空曠地縱橫放天才山窮與水險下上極沿洄故其於文章出語多崔嵬人迹所罕到遺蹤久荒頹王君好奇士後二百年來剪雜發幽薈搜尋得瓊瑰感物不自貴因人乃爲材惟知古可慕豈免今所咍我亦奇子厚開編每

徘徊作詩示同好爲我銘山隈

居士集卷第四

熙寧五年秋七月男發等編定

紹熙二年三月郡人孫謙益校正

答吕公著見贈百卉漸萎蘳披字書萎於危切草木枯皃既云春膏巳動脉豈有萎枯之理當作葳蕤葳蕤草木華垂皃選詩文物共葳蕤東都賦望翠華之葳蕤今改作葳

贈李道士石本作贈宗教李尊師名景仙牙石本作芽惟當石本作但當煒石本作暐

別後寄聖俞夜⿰木帚一作⿰巾帚君老一作去難阨一作艱阨檻穽一作陷穽尚在一作幸在

紫石屏歌在玉奩在一作生

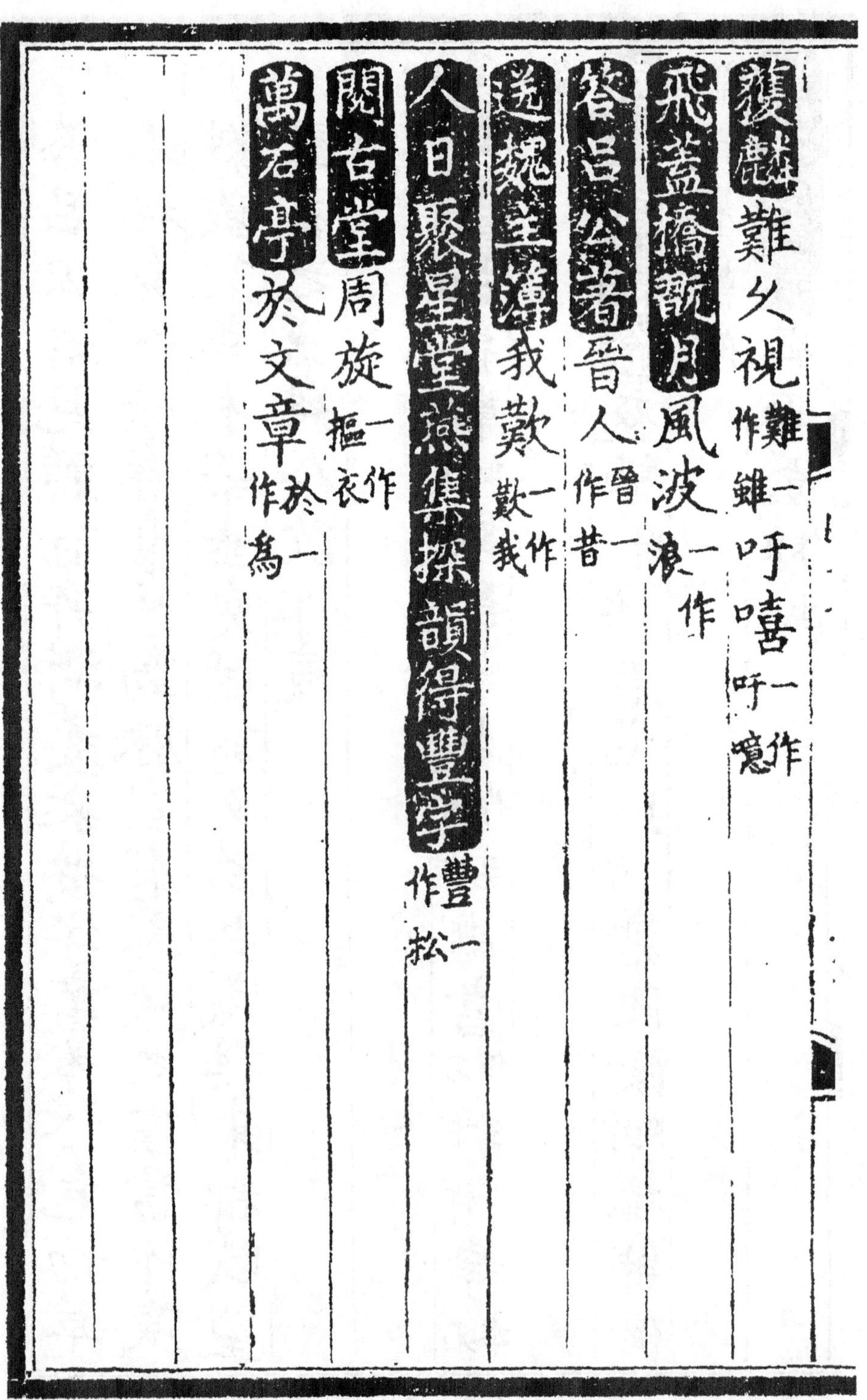

獲麟　難久視（難一作雖）吁嘻（一作吁噫）

飛蓋橋翫月　風波（一作浪）

答呂公著　晉人（晉一作昔）

送魏全濤　我歎（一作歎我）

人日聚星堂燕集探韻得豐字　（豐一作松）

閱古堂　周旋（一作摳衣）

萬石亭　於文章（於一作爲）

居士集卷第五　　歐陽文忠公集五

古詩一十八首

荅原父一作答劉廷評

炎歊鬱然蒸午景熾方燄子來清風輿蕭蕭吹几簟又如沃瓊漿遽飲不知厭嗟予學苦晚白首困鉛槧奄疑奚一作何所質孔孟久已窆羣儒窒自私惟子通且贍幸時丙亮餘屢得飽飢歉巖巖一作落落春秋經大法誰敢覘一本有譬猶天之蒼乃欲學而染兩句三才失綱紀一作紀綱五代極昏墊盜竊恣胠一作發篋英雄爭奮劍興亡兩倉卒事迹多遺欠一作貶纔能紀成敗豈暇誅姦僭聞見

患孤寡（一作陋）是非誰證驗嘗欣同好惡遂乞指瑕玷反蒙華袞褒如譽嫫毋豔救非當在早已暴（一作暴惡）何由斂苟能哀癡痼其可惜針砭風舲或許邀湖綠方灩灩

蟲鳴

葉落秋水冷衆鳥聲已停陰氣入墻壁百蟲皆夜鳴蟲鳴催歲寒唧唧機杼聲時節忽已換壯心空自驚平明起照鏡但畏白髮生

奉答子華學士（一作韓絳）答安撫江南見寄之作（一本無下四字）

百姓病已久，一言難遽陳。良醫將治之，必究病所因。天下久無事，人情貴因循。優游以爲高（一作波），寬縱以爲仁。今日廢其小，皆謂不足論。明日壞其大，又云力難振。旁窺各陰拱，當職自逡巡。歲月寖隤頹，紀綱遂紛紜。坦坦萬里疆，嵬嵬九州民。昔而安且富，今也迫以貧。疾小不加理，浸淫將徧身。湯劑乃常藥，未能去深根。鍼艾有奇功，暫痛勿吟呻。痛定支體胖，乃知鍼艾神。猛寬相濟理，古語六經存。蠹弊革僥倖，濫官絕貪昏。牧羊而去狼，未爲不仁人。俊又沉下位，惡去善乃伸。賢愚各得職，不治未之聞。此說乃其要，易知行每艱遲疑與果決，利害反掌間。捨此欲有為，吾知力徒煩。家至與户到，飽飢而衣寒，三王所不能，豈特今所（一作今為）獨難。我昔忝諫列，日常趨紫宸。聖君堯舜心，閔閔極憂勤。子華當來時，玉音耳嘗親。上副明主意，下寬斯人屯。江南彼一方，巨細到可詢（一作論）。諭以上恩德，當冬反陽春。吾言乃其槩，豈（一作非）止一方云。

送張洞推官赴永興經略司（一本云送張推官掌機宜）

自古天下事，及時難必成。為謀於未然，聰者或莫聽。患至而後圖，智者有不能。未遠前日悔，可為來者銘。熙熙彼西人，老死織與耕。狂羝（一作氐）一朝叛，烽火四

面鶩用兵五六年首惡竟逃刑仰賴天子聖乾坤量
包并苗頑不率德舜羽舞于庭謂此雖異類有生亦
含情藩籬被觸突譬若豨與豭馴擾以芻豢可呼隨
指令稱藩效臣職冠帶復人形四海得休息瘡痍肉
新生敢問前孰失恃安而弛兵酒肴爲善將循默乃
名卿慮患謂生事高談笑難行一方兵遽起愚智共
嘈嘈上煩天子仁旰食憂吾氓謀議及臺皁幽棲訪
巖扃小利不足爲涓流助滄溟大功難速就倉卒始
改更徒自益紛擾何由集功名乃知深遠畫施設在
安平今也實其時鑑前豈非明嚴嚴經略府鐏俎集

豪英千營飽而嬉萬馬牧在坰相公黄閤老與國爲長城張子美而秀文章博群經從軍古云樂知己士所榮感激報恩義當來請長纓

寄聖俞一作因馬察院至云見聖俞於城東輙書長韻奉寄

凌晨有客至自西爲問詩老來何稽京師車馬矐朝日何用擾擾隨輪蹄面顔憔悴暗塵土文字光彩垂虹霓空腸時如秋蚓叫苦調或作寒蟬嘶語言雖巧身事拙捷徑恥蹈行非迷我今俸禄飽餘膹念子朝夕勤鹽虀舟行每欲載米送汴水六月乾無泥乃知此事尚難必何況仕路如天一作丹梯朝廷樂善得賢

衆臺閣後彥聯簪犀朝陽鳴鳳爲時出一枝豈惜容其棲古來磊落材與知窮達有命理莫齊悠悠百年一瞬息俯仰天地身醯雞其間得失何足校況與鳧鶩爭稗稊憶在洛陽年各（一作各年）少對花把酒傾玻瓈二十年間幾人在在者憂患多乖睽我今三載病不飲眼眵不辨騧與驪壯心銷盡憶閑處生計易足纔蔬畦優游琴酒逐漁釣上下林壑相攀躋及身彊（一作壯）健始爲樂莫待衰病須扶攜行當買田清潁上與子相伴把鋤犂

有馬示徐無黨

吾有千里馬，毛骨何蕭森。疾馳如奔風，白日無留陰。徐驅當大道，步驟中五音。馬雖有四足，遲速在吾心。六轡應吾手，調和如瑟琴。東西與南北，高下山與林。惟意所欲適，九州可周尋。至哉人與馬，兩樂不相侵。伯樂識其外，徒知價千金。王良得其性，此術固已深。良馬須善馭，吾言可爲箴。

天辰

天形如車輪，晝夜常不息。三辰隨出没，曾不差分刻。（一本有其行一何勤乾健貴於易兩句）北辰居其所，帝座嚴尊極。衆星拱而環，大小（一作小大）各有職。不動以臨之，任德不任力。

天民主下土萬物由生殖一動與一靜同功而異域
惟王知法此所以治萬國

再和聖俞見答

兩鐵相望東與西書來三日猶爲稽短篇投子譬瓦礫敢辱報之金褭蹄文章至寶被埋没氣象往往干雲霓飛黃伯樂不世一作並出四顧驤首空長嘶嗟哉我豈敢一作能知子論詩一作經賴子初指迷子言古淡有眞味大羹豈須調以虀憐我區區欲彊學跛鼈曾不離汙泥問子初何得臻此豈能直到無階梯如其所得自勤苦何憚入海求靈犀周旋二紀陪唱和凡

翼每竝鸞鳳皇棲有時爭勝不量力何異弱魯攻彊齊
念子京師苦憔悴經年陋巷聽朝音潮一作鼂雞兒啼妻
噤一作嘻午未飯得米寧擇秕與稊石上紫豪一作毫家
故有剡藤瑩滑如玻瓈追惟平昔念少壯零落生死
嗟分睽一揮累紙恣奔放駿一作有若駕駱仍駼驪腹
雖枵虛氣豪橫猶勝諂笑病夏畦名聲不朽豈易得
仕宦得路終當躋年來無物不可愛花發有酒誰同
攜問我居留亦何事方春苦旱憂民犂

感春雜言一本題下有和呂公著

鳩鳴兮屋上雀噪兮簷間百鳥感春陽有如動機關

雄雌相呼和日夕聒聒不得閑砌下兩株樹枯條有誰攀春風一夜來花葉何班班乃知天巧奪人力能使枯木生紅顏奈何人爲萬物靈不及草木與飛翾自從春來何所覺但恠睡美不覺白日高南山行逢百花不着眼豈念四氣如回環却思年少憶(一作念)前事雖有駔駿難追還奈何來日尚可樂曾不勉彊相牽挍渌酒如春波黃金爲誰慳人生一世中一步(一作笑)百險艱俟河之清不可得聊自歌此譏愚頑

盧山高贈同年劉中允歸南康

盧山高哉幾千仞兮根盤幾百里截然屹立乎長江

長江西來走其下是爲揚瀾左里（一作蠡）兮洪濤巨浪日夕相舂撞雲消風止水鏡淨泊舟登岸而遠望兮上摩青蒼（一作雲霄）以晻靄下壓后土之鴻厖試往造乎其間兮攀緣石磴窺空硿千巖萬壑響松檜懸崖巨石飛流淙水聲聒聒亂人耳六月飛雪灑石矼仙翁釋子亦往往而逢兮吾嘗惡其學幻而言哤但見丹霞翠壁遠近映樓閣晨鍾暮鼓杳靄羅旛幢幽花野草不知其名兮風吹露濕香澗谷時有白鶴飛來雙幽尋遠去不可極便欲絕世遺紛痝羨君買田築室老其下插秧盈疇兮釀酒盈缸欲令浮嵐暖翠千萬

狀坐卧常對乎軒窻君懷磊砢有至寶世俗不辨珉與玒策名為吏二十載青衫白首困一邦寵榮聲利不可以苟屈兮自非青雲白石有深趣其氣兀硉何由降丈夫壯節似君少嗟我欲說安得巨筆如長杠

送徐生一作無黨徐之澠池

河南地望雄西京相公好賢天下稱吹噓死灰生氣燄談笑暖律回嚴凝曾陪罇俎被顧盼羅列臺閣皆名卿才一作能徐生南國後來秀得官古縣依崤陵脚靴手板實卑賤賢儁未可吏事繩携文百篇赴知己西望未到氣已增我昔初官便伊洛當時意氣尤驕矜

主人樂士喜文學幕府最盛多交朋園林相映花百
種都邑四顧山千層朝行緑槐聽流水夜飲翠幙張
紅燈爾來飄流二十載鬢髮蕭索垂霜冰同時並遊
在者幾舊事欲説無人應一作譍文章無用等畫虎名
譽過耳如飛蠅榮華萬事不入眼憂患百慮來塡膺
羨子年少一作少年正得路有如扶桑初日昇名高場屋
已得儁世有龍門今復登出門相送親與友何異籬
鷃瞻雲鵬嗟吾筆硯久已格感激短章一作章句因子興

葛氏鼎一本有歌字

大河昔決東南流蕭條東郡今遺湫我從故老問其

由云古五鼎藏高丘地靈川秀草木稠鬱鬱佳氣蒸常浮惟物伏見數有周祕藏奇恠神所搜天昏地慘鬼哭幽至寶欲出風雲愁蕩摇山川失維脈九龍大戰驅蛟虬劃然岸裂轟雲驫滑人夜驚鳥嘲啁婦走抱兒扶白頭蒼生仰叫黄屋憂聚徒百萬如蚍蜉千金一掃隨浮漚天旋海沸動九州此鼎始出人間留滑人得之不敢收奇模古質非今侔器大難用識者不以示世俗遭揶揄明堂會朝饗諸侯饔官百品供王羞調以五味烹全牛時有用捨吾無求二三子學雕琳球見之始驚中歎愀披荒斲古爭窮蒐若語難

出聲咿嘎馬圖出河龜（一作龍）負疇自古恠說何悠悠

嗟吾老矣不能休勉彊作詩慙効尤

太白戲聖俞（一作讀李白集効其體）

開元無事（一作太平）二十年五兵不用太白閑太白之精下人間李白高歌蜀道難蜀道之難難於上青天李白落筆生雲煙千奇萬險不可攀却視蜀道猶平川宮娃扶來白已醉醉裏詩成醒不記忽然（一作來）乘興登名山龍咆虎嘯松風寒山頭婆娑弄明月九域塵土（一作下看塵世）悲人寰吹笙飲酒紫陽家紫陽真人駕雲車空山流水空流花飄然已去凌青霞下看（一作堪笑）區

區郊與島螢飛露濕吟秋草

邊户

家世爲邊户，年年常備胡。兒僮習鞍馬，婦女能彎弧。胡塵朝夕起，虜騎蔑如無。邂逅輒相射，殺傷兩常俱。自從澶州盟，南北結歡娱。雖云免戰鬭，兩地供賦租。將吏戒生事，廟堂爲遠圖。身居界河上，不敢界河漁。

梅聖俞寄銀杏（一作和聖俞銀杏見寄代書之什）

鵝毛贈千里，所重以其人。鴨脚雖百箇，得之誠可珍。問予得之誰，詩老遠且貧。霜野摘林實，京師寄時新。封包雖甚微，採擷皆躬親。物賤以人貴，人賢棄而論開緘重嗟惜，詩以報慇懃。

與子華原父小飲坐中寄同州江十學士休復

歲晚忽不樂，相過偶乘閑。百年纔幾時，一笑得亦艱。有酒醉嘉客，無錢買嬌鬟。問予官何爲，侍從聯朝班。朝廷多賢材，何用蒯與菅。白髮垂兩鬢，黄金署九環。奈何章綬榮，飾此木石頑。於國略無補，有慙常在顔。幸蒙二三友，相與文字間。江子獨捨我（一作是），高鴻去難攀。秋風動沙苑，郡閣當南山。吟詠日多暇，詔條寬可頒。寒雲雪（一作暮）紛糅，幽鳥春緜蠻。勝事日向好，思

君何時還

述懷

歲律忽其周，陰風慘遼夐。孤懷念時節，朽質驚衰病。
憶始來京師，街槐綠方映。清霜一以零，衆木少堅勁。
物理固如此，人生寧久盛。當時不樹立，後世猶譏評。
顧我實孤生，飢寒談孔孟。壯年猶勇爲，剌口論時政。
中間蒙選擢，官實居諫諍。豈知身愈危，惟恐職不稱。
十年困風波，九死出檻穽。再生君父恩，知報犬馬性。
歸來見親識，握手相弔慶。丹心皎雖存，白髮生（一作日）
已迸。慙無羽毛彩，來與鸞皇並。鎩翮追羣翔，孤唳驚衆聽嚴嚴玉堂署清禁肅而静職業愧論思文章慙誥命厚顔難久居歸計無荒逕偷閑就朋友笑語雜嘲詠歡情雖索寞得酒猶豪横羣居固可樂寵禄尤難幸何日早收身江湖一漁艇

和劉原父澄心紙（一作奉賦澄心堂紙）

君不見曼卿子美眞奇才久已零落埋黄埃子美生窮死愈貴殘章斷槀如瓊瑰曼卿醉題紅粉壁壁粉已剥昏煙煤河傾崑崙勢曲折雪壓太華高崔嵬自從二子相繼没山川氣象皆低摧君家雖有澄心紙有敢下筆知誰哉宣州詩翁餓（一作飢）欲死黄鵠折翼

鳴聲哀有時得飽好言語似聽高唱傾金罍二子雖死此翁在老手尚能工翦裁奈何不寄亙示我如棄正論求排詆嗟我今衰不復昔空能把卷閑且開百年干戈流戰血一國歌舞今荒臺當時百物盡精好往往遺弃淪蒿萊君從何處得此紙紙堅瑩膩卷百枚官曹職事喜（一作樂）閑暇臺閣唱和相追陪文章自古世不乏間出安知無後來

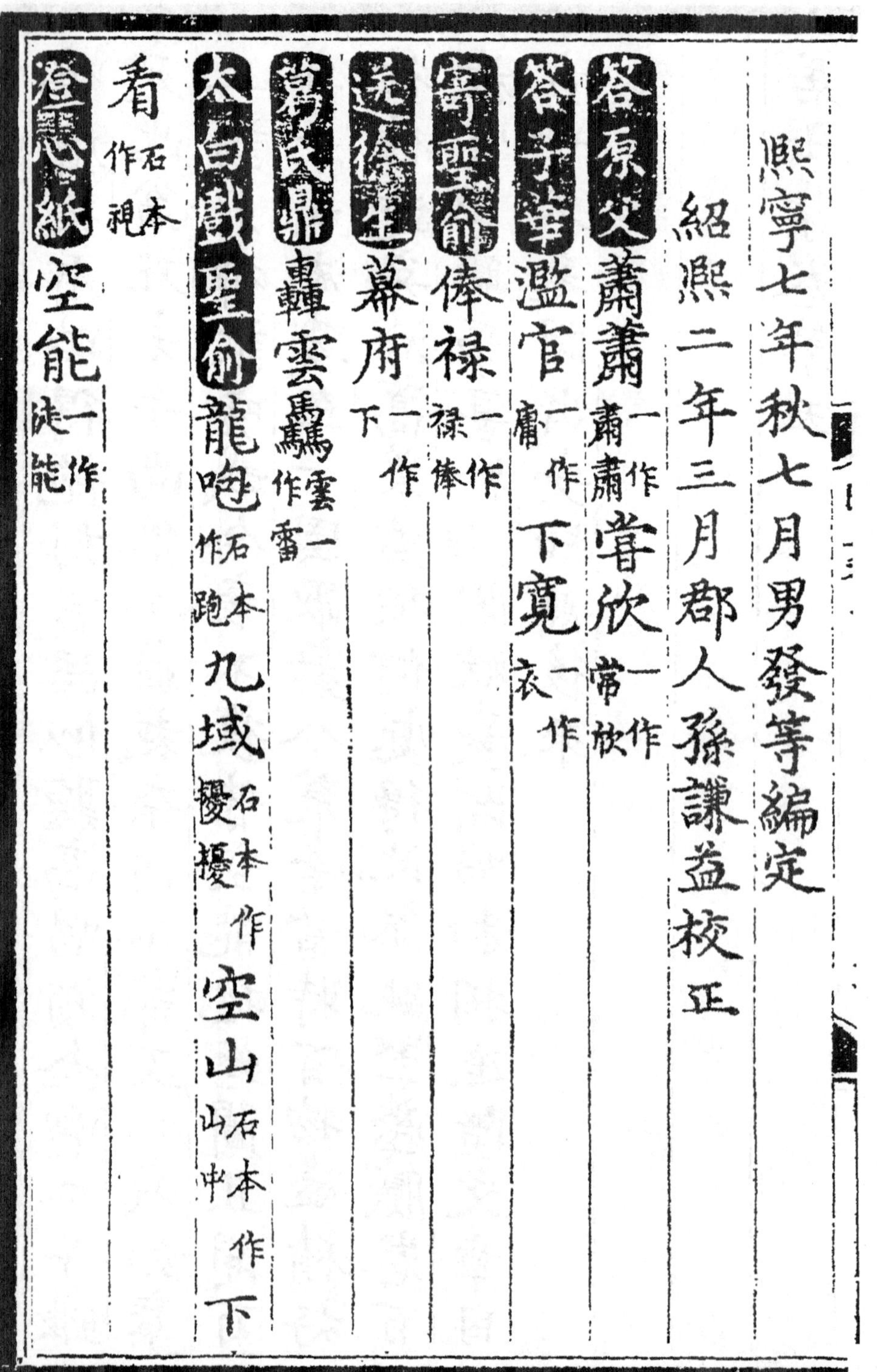

熙寧七年秋七月男發等編定

紹熙二年三月郡人孫謙益校正

答原父　蕭蕭一作肅肅　嘗欣一作常欣

答子華　濫官一作庸　下寬一作衣

寄聖俞　俸禄一作禄俸

送徐生　幕府一作下

葛氏鼎　轟雲驫一作雲雷

太白戲聖俞　龍咆石本作跑　九域石本作擾擾　空山石本作山中　下

看石本作視

澄心堂紙　空能一作徒能

古詩二十五首

奉使契丹道中答劉原父桑乾河見寄之作

憶昨初受命，同下紫宸朝。問君當何之，笑指北斗杓。共念到幾時，春風約田鑣。所持既異事，前後忽相遼。歲月坐易若一作夫山川，行知逆曲頭。三千里雙闕在，紫霄我老倦鞍馬。安能事吟嘲，君才綽有餘。新句益一作亦飄飄，前日逢呂郭，解鞍憩山嚮。僮僕相問喜馬鳴，亦蕭蕭出君桑乾詩，寄我慰寂寥。又喜前見君相期，駐征軺。雖知不久留，一笑樂亦聊。歸路踐冰雪還

家脫狐貂君行我即至春酒待相邀

書素屏

我行三千里何物與我親念此尺素屏曾不離我身曠野多黃沙當午白日昏風力若牛弩飛砂還射人暮投山椒館休此車馬勤開屏置牀頭輾轉夜向晨臥聽穹廬外北風驅雪雲勿愁明日雪且擁狐貂溫君命固有嚴羈旅誠苦辛但苟一夕安其餘非所云

馬齧雪

馬飢齧雪渴飲（一作行路）冰北風卷地來（一作寒）崢嶸馬悲躑躅人不行日暮塗遠千山橫我謂行人止歎聲馬

當勉刀無悲鳴白溝南望如掌平十里五里長（一作長亭）與短亭臘雪銷盡春風輕火燒原頭青草生遠客還家紅袖迎樂哉人馬歸有程男兒雖有四方志無事何須（一作煩）勤遠征

風吹沙（一本題上有北字）

北風吹沙千里黃馬行确犖悲摧藏當（一作窮）冬萬物慘顔（一作無）色冰雪射日生（一作爭）光芒一年百日風塵道安得朱顔長美好攬鞍鞭（一作鞭歸）起馬行勿遲酒熟花開二月時

重贈劉原父（一作憶昨呈劉原父）

憶昨君當使北時，我往別君飲君家。愛君小鬟初買得，如手未觸新開花。醉中上馬不知夜，但見九陌燈火人諠譁。歸來不記與君別，酒醒起坐空咨嗟。自言我亦隨往矣，行即逢君何恨邪。豈知前後不相及，歲（一作日）月忽忽行無涯。古北嶺口踏新雪，馬盂山西看落霞。風雲（一作雪）暮慘失道路，磵谷夜靜聞麏麚。行迷方嚮但看日，度盡山險方逾（一作行）沙。客心漸遠誠易感，見君雖晚喜莫加。我後君歸秖（一作纔）十日，君先躍馬未足誇。新年花發見回鴈，歸路柳暗藏嬌鴉。而今（一作今來）春物已爛漫，念昔草木冰未芽。人生每苦勞事

役老去尚能憐物華從今有暇即相過安得載酒長盈車

贈沈遵一作贈沈博士歌并序

一本序云予昔於滁州作醉翁亭於瑯琊山有記刻石往往傳人間太常博士沈遵好奇之士也聞而往遊焉愛其山水歸而以琴寫之作醉翁吟一調惜不以傳人者五六年矣去年冬予奉使契丹沈君會予恩冀之間夜闌酒半出琴而作之予既嘉君之好尚又愛其琴聲乃作歌以贈之

羣動夜息浮雲陰沈夫子彈醉翁吟醉翁吟以我名我初聞之喜且驚宮聲三疊何泠泠酒行暫止四坐傾一本有為君彈百慮各以兩耳聽兩句有如風輕日煖好鳥語夜靜

山響春泉鳴，坐思千巖萬壑醉眠處。寫君三尺膝上
横，沈夫子，恨君不爲醉翁客，不見翁醉一作醉翁山間亭。
翁歡不待絲與竹，把酒終日聽泉聲。有時醉倒枕谿
石，青山白雲爲枕屏。花間百鳥喚不覺，日落山風吹
自醒。一本有沈夫子君過滁陽今幾時滁人皆喜醉翁醉至今人人能道之長記山間逢太守籃轝酩酊插花歸六句我時四十猶彊力，自號醉翁聊戲客。爾來
憂患十年間，一本客字下作爾來纔十年遇酒飲不得軒裳外飾識可榮鬢髮未
老嗟先白。滁人思我雖未忘，見我今應不能識。沈夫
子，愛君一罇復一琴，萬事不可干其心。自非曾是醉
翁客，莫向俗耳求知音。一本末兩句作高懷所得貴自適俗耳何用求知音可笑

人生不飲酒惟知白首戀黃金

答聖俞一本題下有高車見過

人皆喜詩翁有酒誰肯一醉之嗟我獨無酒數往從一作說翁何所爲翁居南方我北走世路離合安可期汴渠千艘日上下來及水門猶未知五年不見勞夢寐三日始往何其遲城東賺河有名字萬家棄水爲汙池人居其上苟賢者我視此水猶漣漪入門下馬解衣帶共坐習習清風吹澀薪熒熒煮薄茗四顧壁立空無遺萬錢方丈飽則止一瓢飲水樂可一作何涯況出新詩數十首珠璣大小光陸離他人欲一不可

有（一作得）君家筐篋滿，莫持才大（一作多）名高。乃富貴豈比金紫，包愚癡貴賤同為一丘土。聖賢獨（一作長）如星日垂，道德内樂不假物，猶（一作所）須朋友并良時。蟬聲漸已變秋意，得酒安問醇與醨。玉堂宦閑無事業，親舊幸可從其私。與翁老矣會有幾，當弃百事勤追隨。

感興五首（齋於醴泉宫作）

奉祠嚴祕館，攝事罄精誠。歲晏悲木落，天寒聞鶴鳴。念昔丘壑趣，豈知朝市情。弱齡嬰仕宦，壯節慕功名。多病慙厚禄，早衰歎餘生。未知犬馬報，安得遂歸耕。

懷禄不知慙，人雖不吾責。貧交重意氣，握手猶感激。

煌煌冑閭金兩鬢颯已白有生天地間壽考非金石
古人報一飯君子不苟得憂來自悲歌涕淚下沾臆
清夜雖云長白日亦易晚循環百刻中勢若丸走坂
盈虧自相補得失何足算餐霞可延年飲酒誠自損
未知辛苦長孰若適意短二者一何偷百年皆不免
顏回不著述後世存愈遠聖賢非虛名惟善爲可勉
仕宦希寸禄庶無飢寒迫讀書事爲一作文章本以代
耕織學成頗自喜禄厚愈多責挾山以超海事有非
其力君子貴量能無輕食人食
唧唧復唧唧夜歎曉未息蟲聲急愈尖病耳聞若刺

壯士易爲老，良時難再得。日月相隨東，天行自西北。三者不相謀，萬古無窮極。安知人間世，歲月忽已易。

吴學士石屏歌一作和張生鵶樹屏一無和字

晨光入林衆鳥驚，腷膊羣飛鵶亂鳴。穿林四散投空去，黄口巢中飢待哺。雌者下啄雄高盤，雄雌相呼飛復還。空林無人鳥聲樂，古木參天枝屈蟠。下有怪石横樹一作其閒，煙埋草没苔蘚斑。借問此景誰圖寫，乃是吴家石屏者。號工劉山取山骨，朝鑱暮斲非一日。萬象皆從石中出，吾嗟人愚不見天地造化一作造物之初難，乃云萬物生自然。豈知鐫鑱刻畫醜與妍，千狀萬態不可殫神愁鬼泣晝(一作日)夜不得閑不然安得巧工妙手憊精竭思不可到若無若有縹緲生雲煙鬼神功成天地惜藏在虢山深處石惟人有心無不獲(一作乃知人爲天地賊)天地雖神(一作公有物)藏不得又疑鬼神好勝憎吾儕欲極奇怪窮吾才乃(一作故)傳張生自西來吳家學士見且咍醉點紫毫淋墨煤君才自與鬼神鬭嗟我老矣安能陪

初食車螯(一本題上云京師)

纍纍盤中蛤來自海之涯坐客初未識食之先歎嗟五代昔乖隔九州如剖瓜東南限淮海邈不通夷華

於（一作于）時北州人，飲食陋莫加。雞豚為異味，貴賤無等差。自從聖人出，天下為一家。南產錯交廣，西珍富邛巴。水載每連舳，陸輸動盈車。谿潛細毛髮，海惟雄鬚牙。豈惟貴公侯，閭巷飽魚鰕。此蛤今始至，其來何晚邪。螯蛾闡二名（車螯一名車蛾），久見南人誇。璀璨殻如玉，斑斕點生花。含漿不肯吐，得火遽已呀。共食惟恐後，爭先屢成譁。但喜美無猒，豈思來甚遐。多慙海上翁，辛苦斲泥沙。

送裴如晦之吳江（一本無下三字，注云席上分得已字）

雞鳴車馬馳，夜半聲未已。皇皇走聲利，與日爭寸晷。

而我獨何為閑宴奉君子京師十二門四方來萬里顧吾坐中人暫聚浮雲爾念子一扁舟片帆如鳥起文章富千箱吏禄求斗米白玉有時沽青衫豈須恥人生足憂患合散乃常理惟應當歡時飲酒如飲水

盤車圖一本上題和聖俞下注呈楊直講

淺山嶙嶙亂石矗矗山石磽聲車碌碌山勢盤斜隨澗谷側轍傾轅如欲覆出乎兩崖之隘口忽見百里之平陸坡長坂峻牛力疲天寒日暮人心速楊褒一作生忍飢官太學得錢買此纔盈幅愛其樹老石硬山回路轉高下曲直橫斜隱見妍媸嚮背各有態遠近

分毫皆可辨自言昔（一作古）有數家筆畫古（一作文）傳多名姓失後來見者知謂誰乞詩梅老聊稱述古畫畫意不畫形梅詩詠物無隱情忘形得意知者寡不若見詩如見畫乃知楊生眞好奇此畫此詩兼有之樂能自足乃（一作即）爲富豈必金玉名高貲朝看畫暮讀詩楊生得此可不飢

答梅（一作和無梅字）聖俞莫登樓（在禮部貢院鎖試進士上元夜作）

莫登樓樂哉都人方競遊樓闕夜氣春煙浮玉輪東來從海陬纖靄洗盡當空留燈光月色爛不收火龍啣山祝千秋緣竿踏索雜幻優鼓喧管咽耳欲咻清

風嫋嫋，夜悠悠，瑩蹄文（一作輪蹄文）角車如流。娅姹扶欄車兩頭，髐髐垂孃嬌未羞。念昔年少追朋儔，輕衫駿馬今則不。中年病多昏兩眸，夜視曾不如鵂鶹。足雖欲往意已休，惟思睡眠擁衾裯。人心利害兩不謀，春陽稍慾天子憂。安得四野陰雲油，甘澤以時豐麥麰。遊騎踏泥非我愁。

答聖俞莫飲酒（此已下皆貢院中作）

子謂莫飲酒，我謂莫作詩。花開木落蟲鳥悲，四時百物亂我思。朝吟搖頭暮蹙眉，雕肝琢腎聞退之。此翁此語還自違，豈如飲酒無所知。自古不飲無不死，惟有爲善不可遲（一作遺）功施當世聖賢事不然文章千載垂其餘酩酊一罇酒萬事崢嶸皆可齊腐腸糟肉兩家說計較屑屑何其卑死生壽夭無足道百年長短纔幾時但飲酒莫作詩子其聽我言非癡

思白兔雜言戲答公儀憶鶴之作

君家白鶴白雪毛我家白兔白玉毫誰將贈兩翁謂此二物皎潔勝瓊瑤已憐野性易馴擾復愛仙格何孤高玉兔四蹄不解舞不如雙鶴能清唳低垂兩翅趁節拍（一作拍節）婆娑弄影誇嬌饒兩翁念此二物者久不見之心甚勞京師少年殊好尚意氣橫出爭雄豪

清鐏美酒不輒飲，千金爭買紅顏韶。莫令少年聞我語，笑我乖僻遭譏嘲。或被偷開兩家籠，縱此二物令逍遥。兎奔滄海却入明月窟，鶴飛玉山千仞直上青松巢。索然兩衰翁，何以慰無憀。纖腰緑鬢既非老者事，玉山滄海一去何由招。

戲答聖俞

鶴行而啄青玉蒼，枯松脚兎蹲而齧尖兩耳攢四蹄。往往於人家高堂淨屋（一作室）曾見之，錦裝玉軸掛壁垂。乍見拭目猶驚疑，羽毛襂縰眼睛活，若動不動如風吹。主人矜誇百金買，云此絶筆人間奇。畫師畫生不盡死所得百分三二爾豈如翫物翫其眞凡物可愛惟精神況此二物物之珍月光臨靜夜雪色凌清晨二物於此時瑩無一點纖埃塵不惟可醒醉翁醉能使詩老詩思添清新醉翁謂詩老子勿誚我愚老弄兎兒憐鶴雛與子俱老其衰乎奈何反捨我欲向一作去東家看舞姝須防舞姝見客笑白鬓蒼顏君自照

和梅龍圖公儀謝鷴

有詩鶴勿喜無詩鷴勿悲人禽固異性所趣各有宜朝戲青竹林暮棲高樹枝咿呦山鹿鳴格磔野鳥啼

聲音不相通各以類自隨使鶴居籠中垂頭以〔一作似〕聽詩鶢鶋享鍾鼓魚鳥見西施鷳鶴不宜爭所爭良可知蚍蜉與蟻子為物固已微當彼兩交鬬勇如聞鼓鼙有心皆好勝未免爭是非於我一何薄於彼一何私欄檻啄花卉叫號驚睡兒跳踉兩脚長落泊雙翅垂何足充翫好於何定妍媸鷳口不能言夜夢以告之主人起謝鷳從我今幾時僮奴謹守護出入煩提攜逍遥遂棲息飲啄安雄雌花底弄日影風前理毛衣豈非主人恩報効爾宜思主人今白髮把酒無翠眉養鶴鷳又妬我言堪解頤

和聖俞感李花

昨日摘花初見桃，今日摘花還見李。晴風暖日苦相催，春物所餘知有幾。中年多病壯心衰，對酒思歸未得歸。不及牆根花與草，春來隨處自芳菲。

折刑部海棠戲贈聖俞二首

搖搖牆頭花，笑笑弄顔色。荒涼衆草間，露此紅的皪。草木本無情，及時如自得。青春不可恃，白日忽已昃。繞之重吟哦，歸坐成歎息。人生浪自苦，得酒且開釋。不見宛陵翁，作詩頭早白。

搖搖牆頭花，豔豔爭青娥。朝見開尚少，暮看繁已多。

不惜花開繁所惜時節過昨日枝上紅今日隨流波物理固如此去（一作古）來知奈何達人但飲酒壯士徒悲歌

刑部看竹効孟郊體

花妍兒女姿零落一何速竹色君子德猗猗寒更綠京師多名園車馬紛馳逐春風紅紫時見此蒼翠玉凌亂迸青苔蕭疎拂華屋森森日影閑濯濯生意足幸此接清賞寧辭薦芳醁黃昏人去（一作黃昏寂寂，一作寂寂人去）鎖空廊枝上月明春（一作看）鳥宿

居士集卷第六

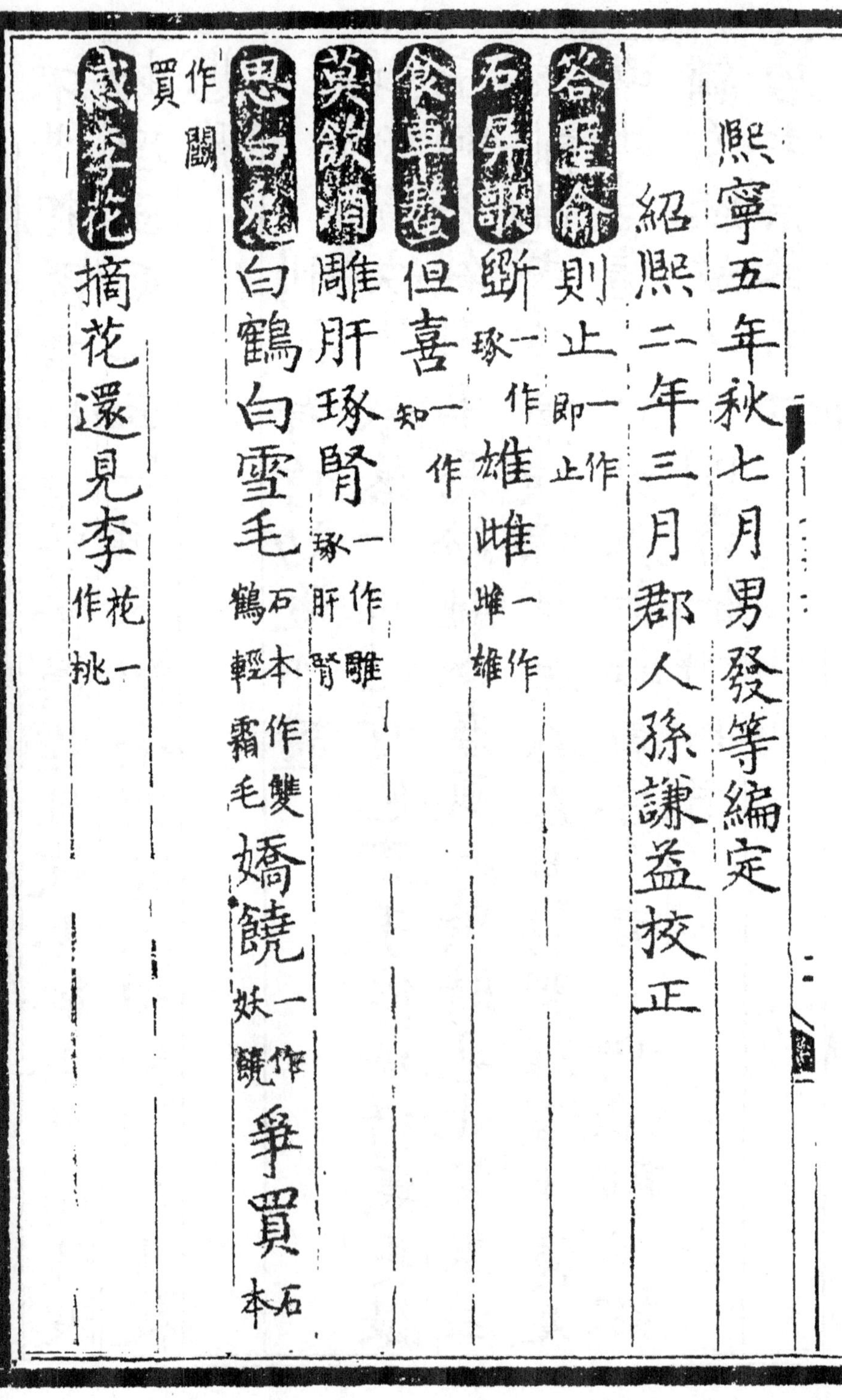
熙寧五年秋七月男發等編定

紹熙二年三月郡人孫謙益挍正

答聖俞 則止一作即止

石屏歌 斲一作琢雄雌一作雌雄

食蟲蠹 但喜一作知

莫飲酒 雕肝琢腎一作雕琢肝腎

思白鳥 白鶴白雪毛石本作雙鶴輕霜毛嬌饒一作妖饒爭買石本作闕買

感李花 摘花還見李花一作桃

居士集卷第七　　　　歐陽文忠公集七

古詩二十二首

贈沈博士歌（遵。一作醉翁吟）

沈夫子胡爲醉翁吟醉翁豈能知爾琴滁山高絶滁
水深空巖悲風夜吹林山（一作泉）溜白玉懸青岑一瀉
萬仞源莫尋醉翁每來喜登臨醉倒石上遺其簪雲
荒石老歲月侵子有三尺徽（一作暉）黄金寫我幽思窮
崎嶔自言愛此萬仞水謂是太古之遺音泉淙石亂
到不平指下嗚咽悲人心時時弄餘聲言語軟滑如
春禽嗟乎沈夫子爾琴誠工彈且止我昔被謫居滁

山名雖（一作雖名）爲翁實少年坐中醉客誰最賢杜彬琵琶皮作絃自從彬死世莫傳玉練鎖（東坡詩云新客從翻玉連鎖練疑當作連）聲入黃泉死生聚散日零落耳冷心衰翁索莫國恩未報慙禄厚世事多虞嗟力薄顔摧鬢改真一翁心以（一作已）憂醉安知樂沈夫子謂我翁言何苦悲人生百年間飲酒能幾時攬衣推琴起視夜仰見河漢西南移

和聖俞李侯家鴨脚子

鴨脚生江南名實未相浮絳囊因入貢銀杏貴中州致遠有餘力好奇自賢侯因令江上根結實夷門秋

始摘纔三四金奩獻凝旒公卿不及識天子百金酬歲久子漸多纍纍枝上稠主人名好客贈我比珠投博望昔所徙蒲萄安石榴想其初來時厥價與此侔今也徧中國籬根及牆頭物性久雖在人情逐時流惟當記其始後世知來由是亦史官法豈徒續君謳

京師無鴨脚樹駙馬都尉李和文自南方移植于其第

送吴生南歸一作送吴孝宗字子京

自我得曾子於兹二十年今又得吴生既得喜且歎古士不並出百年猶比肩區區彼江西其産多材賢吴生初自疑所擬豈其倫我始見曾子文章初亦然

崑崙傾黄河，渺漫盈百川。決疏以道（一作導）之，漸斂收横瀾。東溟知所歸，識路到不難。吴生始見我，袖藏新文篇（一作編）。忽從布褐中，百寶寫（一作瀉）我前。明珠雜璣貝，磊砢或不圓。問生久懷此，奈何初無聞。吴生不自隱，欲吐羞俛顔。少也不自重，不爲鄉人憐。中雖知自悔，學問苦賤貧。自謂久而信，力行困彌堅。今來決疑惑，幸冀蒙洗湔。我笑謂吴生，爾其聽我言。世所謂君子，何異於衆人。衆人爲不善，積微成滅身。君子能自知，改過不逡巡。惟於斯二者，愚智遂以分。顔回不貳過，後世稱其仁。孔子過而更，日月披浮雲。子路初來

時雞冠佩猳豚軒蛟射白額後卒為名臣子既悔其往人誰禦其新醜夫祀上帝孟子豈不云臨行贈此言庶可以書紳

樂哉襄陽人送劉太尉從廣（一作景元）赴襄陽（一本無下三字景元蓋字）

嗟爾樂哉襄陽人萬屋連甍清漢濱語言輕清微帶秦南通交廣西峨岷羅縠纖麗藥物珍枇杷甘橘薦清罇磊落金盤爛璘璘槎頭縮項昔所聞黄橙擣（一作橙擣新）虀香復辛春雷動地竹走根錦苞玉筍味争新鳳林花發南山春掩映谷口藏山門樓臺金碧瓦鱗

鱗峴首高亭倚浮雲漢水如天瀉沄沄斜陽返照白鳥羣兩岸桑柘雜耕耘文王遺化已寂寞千載誰復思其仁荆州漢魏以來重古今相望多名臣嗟爾樂哉襄陽人道扶白髮抱幼孫遠迎劉侯朱兩（一作望朱）輪劉侯年少氣甚淳詩書學問若寒士罇俎談笑多嘉賓往時邢洺（一作臺）有善政至今遺愛留其民誰能持我詩以往爲我先賀襄陽人

奉酬楊州劉舍人見寄之作（原父　一作酬劉原父見寄）

別君今幾時歲月如揷羽悠悠寢與食忽忽朝復暮紛紛竟何爲凜凜還自懼朝廷無獻納倉廩徒耗蠹

風霜若見侵，衰病日增故。江湖豈不思，懇悃布已屢。美哉廣陵公，風政傳道路。優游侍從臣，左右天子顧。君來一何遲，我請亦有素。何當兩還分，尚冀一相遇。把手或未能，尺書幸時寓。

西齋手植菊花過節始開偶書奉呈聖俞

秋風吹浮雲，寒雨灑清曉。鮮鮮牆下菊，顏色一何好。好色豈能常，得時仍不早。文章損精神，何用覷天巧。四時悲代謝，萬物惜凋槁。豈知寒鑑中，兩鬢甚秋草。東城彼詩翁，學問同少（一作年）小。風塵世事多，日月良會少。我有一罇酒，念君思共倒。上浮黃金蘂，送以清

歌裊爲君發朱顔可以却君老

於劉功曹家見楊直講褒女奴彈琵琶戲作

呈聖俞

大絃聲遲小絃促十歲嬌兒彈啄木啄木不啄新生
枝惟啄槎牙（一作枒槎）枯樹腹花繁蔽日鎖空園樹老參
天杳深谷不見啄木鳥但聞啄木聲春風和暖百鳥
語山路磽确行人行啄木飛從何處來花間葉底時
丁丁林空山靜啄愈響行人舉頭飛鳥驚嬌兒身小
指撥硬功曹廳冷絃索鳴繁聲急節傾四坐爲爾飲
盡黄金觥楊君好雅心不俗太學官卑飯脱粟嬌兒

兩幅青布裙三脚木牀坐調曲奇書古畫不論價盛以錦囊裝玉軸披圖掩卷有時倦卧聽琵琶仰看屋容來呼兒旋梳洗淵額花鈿貼黄菊雖然可愛眉目秀無奈長飢頭頸縮宛陵詩翁勿誚渠人生自足乃爲娱此兒此曲翁家無

長句送陸子履學士通判宿州（一本作亳州非）

古人相馬不相皮瘦馬雖瘦骨法奇世無伯樂良可嗤千金市馬惟市（一作其）肥騏驥伏櫪兩耳垂夜聞秋風仰秣嘶一朝絡以黄金羈旦刷（一作發）吴越暮燕陲丈夫可憐憔悴時世俗庸庸皆見遺子履自少聲名

馳落筆文章天下知開懷吐胷不自疑世路迫窄多穽機鬢毛零落風霜摧十年江湖千首詩歸來京國舊遊非大笑相逢索酒巵酒酣猶能弄蛾眉山川搖落百草腓愛君不改青松枝念君明當整驂騑贈以瓊華期早歸豈惟朋友相追隨坐使臺閣生光輝

送公期得假歸絳

風吹積雪銷太行水暖河橋楊柳芳少年初仕即京國故里幾歸成鬢霜山行馬瘦春泥滑野飯天寒餳粥香留連芳（一作風）物佳節過東帶還來朝未央

送宋次道學士赴（一作知）太平州（敏求）

古堤老柳藏（一作楊柳柳）春煙桃花水下清明前江南太守見之笑擊鼓插旗催解船（一作打鼓插旗催發船）侍中令德宜有後學士清才方少年文章秀粹得家法筆畫點綴多餘（一作逾）妍藏書萬卷復強記故事累朝能口傳來居侍從乃其職遠置州郡誰謂（本多作爲）然交游一時盡英（一作豪）俊車馬兩岸來聯翩船頭朝轉暮千里有酒胡不爲（一作爲不）留連

謝觀文王尚書惠西京牡丹（舉正）

京師輕薄兒意氣多豪俠爭誇朱顔事年少肯慰白髮將花插尚書好事與俗殊憐我霜毛苦蕭颯贈以

一作寄贈洛陽花滿盤鬭麗爭奇紅紫雜兩京相去五百里幾日馳來足何捷紫檀金粉香未吐緑萼紅苞露猶浥謂我甞爲洛陽客頗向此花曾涉獵憶昔進士初登科始事相公沿吏牒河南官屬盡賢俊洛城池一作苑籞相連接我時年纔二十餘每到花開如蛺蝶姚黄魏紅腰帶鞓潑墨齊頭藏緑葉鶴翎添色又其次此外雖妍猶婢妾爾來不覺三十年歲月纔如熟羊胛無情草木不改色多難人生自摧拉見花了了雖舊識感物依依幾抆睫念昔逢花必沽酒起坐驩呼屢傾榼而今得酒復何爲愛花繞之空百匝心衰

力懶難勉彊與昔一何殊勇怯感公意厚不知報墨筆淋漓口徒囁

送朱職方提舉運鹽一本云表臣

齊人謹一作建鹽筴伯者之事爾計口收其餘登耗以生齒民充國亦富粲若有條理惟一作雖非三王法儒者猶爲恥後世益不然權奪由漢始權量自持操屑屑已甚矣宂竈如蜂房熬波銷海水豈知戴白民食淡有至死物艱利愈厚令出姦隨起良民陷盜賊峻法難禁止問官得幾何月課煩箠公私兩皆然巧拙可知已英英職方郎文行粹而美連年宿與泗有

政皆可紀忽來從辟書感激赴知已閔然哀遠人吐策獻天子治國如治身四民猶四體奈何窒其一無異鈇厥趾工作而商行（一作商賈與）本末相表裏臣請通其流爲國掃泥滓金錢歸府藏滋味飽閭里利害難先言歲月可較比鹽官皆謂然丞相曰可喜適時乃爲才高論徒譎詭更吾苟令（一作復）出夫以彼易此隋堤樹毿毿汴水流瀰瀰子行其勉旃吾黨方傾耳

嘗新茶呈聖俞

建安三千里京師三月嘗新茶人情好先務取勝百物貴早相矜誇年窮臘盡春欲動蟄雷未起驅龍（一作）

龍未起驅蟲虵夜聞擊鼓滿山谷千人助叫聲喊呀萬木寒凝睡不醒惟有此樹先萌芽乃知此爲最靈物宜一作疑其獨得天地之英華終朝採摘不盈掬通犀銙小圓復窊鄙哉穀雨槍與旗多不足貴如刈麻建安太守急寄我香蒻包裹封題斜泉甘器潔天色好坐中揀擇客亦嘉一作佳新香嫩色如始造不似來遠從天涯停匙側盞試水路拭目向空看乳花可憐俗夫把金錠一作鋌一作鋋茶錄多用挺字爲古按集韻錠字去聲訓鐙鋌字上聲訓銅鐵樸猛火炙背如蝦蟇由來眞物有眞賞坐逢詩老頻咨嗟須臾共起索酒飲何異奏雅終淫哇

次韻再作一本云茶歌

吾年向老世味薄所好未衰惟飲茶建谿苦遠雖不到自少嘗見閩人誇每嗤江浙凡茗草叢生狼藉惟藏虵今江浙茶園俗言多虵豈如含膏入香作金餅蜿蜒兩龍戲以呀其餘品第亦奇絕愈小愈精皆露芽泛之白花如粉乳作見紫面生光華手持心愛不欲碾有類弄印幾成窊論功可以療百疾輕身久服勝一作如胡麻我謂斯言頗過矣其實最能祛睡邪茶官貢餘偶分寄地遠物新來意嘉親烹屢酌不知厭自謂此樂眞一作誠無涯未言久食成手顫已覺疾飢一作病生眼

花客遭水厄疲捧捥口吻無異蝕月蟇僮奴傍視疑復笑嗜好乖僻誠堪嗟更蒙酬句惟可駭兒曹助噪聲哇哇

樂郊詩爲劉原甫作一本注原父鄆州東園也

樂郊何所樂所樂從公遊三日公不出其民蹙然愁一聞車馬音從者如雲浮吾問鄆之人無乃失業不云惟安其業然後樂其休樂郊何所有胡不考公詩有山在其東有水出逶迤有臺以臨望有沼以游嬉俯仰迷上下朱欄映清池草木非一種青紅隨四時其餘雖瑣屑處置各有宜樂郊何以名吾爲本其意

自古賢哲人所存非一世當時偶然迹來者因不廢郟非公久留公去民孰賴此亭公所登此樹公所憩俾民百年思豈取一日醉

洗兒歌（爲聖俞作一本云前一日送酒遂助洗兒輒成短歌更資一笑呈聖俞）

月暈五色如虹蜺深山猛虎夜生兒虎兒可愛（一作憐）光陸離開眼已有百步威詩翁雖老神骨秀想見嬌嬰目與眉木星之精爲紫氣照山生玉水生犀兒（一作此）翁不比他兒翁三十年名天下知材高位下衆所惜天與此兒聊慰之翁家洗兒衆人喜不（一作莫）惜金錢散閭（一作鄰）里宛陵他日見高門車馬煌煌梅氏子

鳴鳩 崇政殿後考試所作

天將陰鳴鳩逐婦鳴中林鳩婦怒啼無好音天雨止鳩呼婦歸鳴且喜婦不亟歸（一作急還）呼不已逐之其去恨不早呼不肯來固其理吾老病骨知陰晴每愁天陰聞此聲日長思睡不可得遭爾聒聒何時停衆鳥笑鳴鳩爾拙固無匹不能娶巧婦以共營家室寄巢生子四散飛一身有婦長相失夫婦之恩重太山背恩棄義須臾間心非無情不得已物有至拙誠可憐君不見人心百態巧且艱臨危利害兩相關朝爲親戚暮仇敵自古常嗟交道難

代鳩婦言 一本注閒士有欲弃妻者作

斑然錦翼花蔟蔟，雄雌相隨樂不足。抱雛出卵翅羽成，豈料一朝還反目。人言嫁雞逐雞飛，安知嫁鳩被鳩逐。古來有盛必有衰，富貴莫忘貧賤時。女棄父母嫁一作婦曰歸，中道捨君何所之。天生萬物各有類，誰謂鳥獸爲無知。雖無仁義有情愛，苟聞此言寧不悲。

看花呈一本有韓子華內翰崇政殿後考試作

老雖可憎還可嗟，病眼眵昏愁看花。不知花開桃與李，但見紅白何交加。春深雨露新洗濯，日暖金碧相輝華。浮香著物收不得，含意欲吐情無涯。可愛蹀廉

靜相對最宜落日初西斜時傾賜壺共斟酌及此蜂
鳥方諠譁凡花易見不足數禁蘌難到堪歸誇老病
對此不知猒年少何用苦思家

啼鳥 崇政殿後考試舉人卷子作

提葫蘆提葫蘆不用沽美酒宮（一作官）壺日賜新撥醅
老病足以扶衰朽百舌子百舌子莫道泥滑滑宮花
正好愁雨來暖日方催花亂發苑樹千重綠暗春珍
禽綵羽自成羣花間祇慣迎黃屋鳥語初驚見外人
千聲百囀忽飛去（一作來）枝上自落紅紛紛畫簾陰陰
隔宮燭禁漏杳杳深千門可憐枕上五更聽不似滁

州山裏聞

和聖俞[一本二字作人]唐書局後叢莽中得芸香一本之作用其韻

有芸黄其華在彼衆草中清香濯曉露秀色搓春風幸依華堂陰一顧曽不蒙大雅彼君子偶來從學宫文章高一世論議[一作議論]伏羣公多識由博學新篇匪雕蟲唱酬爛衆作光輝發幽叢在物苟有用得時寧久窮可嗟凡草木糞壤自青紅

答劉原父舍人見過後中夜酒定復追昨日所覽雜記并簡梅聖俞之作

君子忽我顧一作顧我貧家復何有虛堂來清風佳果薦濁酒簡編記遺逸論議相可否欲知所書人其骨多已朽前者既已然後來寧得久所以昔人云杯行莫停手

居士集卷第七

熙寧五年秋七月男發等編定

紹熙二年三月郡人孫謙益校正

朝佐謂樂郊詩有水出逶夷夷平也傷也與遠字不類按說文逶迤斜去皃集韻委曲自得皃詩作委蛇漢書作逶蛇恐合作逶迤而蜀本建本羅氏本誤作逶夷

永嘉錢文子謂詩羔羊篇有委蛇字離騷載雲旗之委蛇一本作逶迤一本作委移劉向九歎遵江曲之逶移蓋變委作逶變蛇作迤移二字矣張衡西京賦女娥坐而長歌聲清暢而蜲蛇又以委為蜲孫綽天台山賦既克濟於九折路威夷而脩通潘安仁金谷集詩迴谿縈曲阻峻阪路威夷又盡

變作威夷字皆委曲貌今作逶夷乃紛古今之變必有所據其實則平夷也

右逶夷二字初不必辯著此以爲輕改字畫之戒

送吳生 我前（一作在前）顔回（一作顔子）雞冠（竹冠雞）祀上帝（祀一作事）

楊直講女奴彈琵琶 行人舉頭飛鳥驚（一作衆鳥啁啾飛且驚）盛以錦囊（一作古錦紈囊）

送公期歸絳 還來（一作歸來）

謝王尚書牡丹 事年少（事一作競）復何爲（復一作亦）力懶（一作力乏）

嘗新茶 三月（一作二月）此爲（一作草木）向空（一作向簷）

次韻再作 豈如（一作豈知）亦奇絶（亦一作各）偶分寄（偶一作忽）疑復笑（復一作且）

看花 老病（一作老翁）年少（一作少年）

和聖俞芸香 光輝（一作光耀）

答原甫見過 佳果（一作佳景）

居士集卷第八　　歐陽文忠公集八

古詩二十一首

有贈余以端谿綠石枕與蘄州竹簟皆佳物也余既喜睡而得此二者不勝其樂奉呈原父舍人聖俞直講

端谿琢出缺月樣，蘄州織成雙水一作錦紋。呼兒置枕展方簟，赤日正午天無雲。黃琉璃光綠玉潤，瑩淨冷滑無埃一作纖塵。憶昨開封暫陳力，屢乞殘骸避煩劇。聖君哀憐大臣閔，察見衰病非虛飾。猶蒙不使如一作加罪去，特許邅官還舊職。選材臨事不堪用，見利無慙惟苟得一從僦舍（一作屋）居城南官不坐曹門（一作閑）少客自然唯與睡相宜以懶遭（一作投）閑何慍適從來羸苶苦疲困況此煩歊正炎赫少壯喘息人莫聽中年鼻鼾尤惡聲擬見掩耳謂雷作竈婦驚窺疑釜鳴蒼蠅蟻蠓任緣撲蠹（一作詩）書懶架拋縱橫神昏氣濁一如此言語思慮何由清嘗聞李白好飲酒欲與鐺杓同生死（一作死生）我今好睡又過之身與二物爲三爾江西得請在旦暮收拾歸裝從此始終當卷簟攜枕去築室買田清潁尾

夜聞風聲有感奉呈原父舍人聖俞直講

夜半羣動息，有風生樹端。颯然飄我衣，起坐爲長歎。苦暑君勿猒，初涼君勿歡。暑在物猶盛，涼歸歲將寒。清霜忽以飛，零露亦漙漙。霜露（一作四時）本無情，豈肯私蕙蘭。不獨草木爾，君形安得完。櫛髮變新白，鑑容銷（一作無）故丹。風埃共侵迫，心志亦摧殘。萬古一飛隼，兩曜雙跳丸。擾擾賢與愚，流沙逐驚湍。其來固如此，獨久知誠難。服食爲藥悞，此言真不刋。但當飲美酒，何必被輕紈。

答梅聖俞大雨見寄

夕雲若頽山，夜雨如決渠。俄然見青天，燄燄升蟾蜍。

倏忽陰氣生四面如吹噓狂雷走昏黑驚電照夔魑搜尋起龍蟄下擊墓與墟雷聲每軒轟雨勢隨疾徐初若浩莫止俄收閒無餘但掛千丈虹紫翠横空虚頃刻百變態晦明誰卷舒豈知下土人水潦没襟裾擾擾泥淖中無異鴨與豬嗟我來京師庇身無弊廬閒坊僦古屋卑陋雜里閭鄰注湧濤竇街流溢庭除出門愁浩渺閉户恐爲瀦牆壁豁四達幸家無貯儲蝦蟇鳴竈下老婦但欷歔九門絶來薪朝爨欲毁車壓溺委性命焉能顧圖書乃知生堯時未免憂爲魚梅子猶念我寄聲憂我居慰我以新篇琅琅比瓊琚

官閑行能薄補益愧空疎歲月行晚矣江湖盍歸歟吾居傳鄭爾此計豈躊躇

答聖俞白鸚鵡雜言

憶昨滁山之人贈我玉兔子粤明年春玉兔（一有子字）死日陽晝出月夜明世言兔子望月生謂此瑩然而白者譬夫水之爲雪而爲冰皆得一陰凝結之純精常恨處非大荒窮北極寒之曠野養違其性夭厥齡豈知火維地荒絶漲海連天沸天（一作火一作炎）熱黄冠黒距人語言有鳥玉衣尤皎潔乃知物生天地中萬殊難以一理通海中洲（一作州）島窮人迹來市廣州纔八國

其間注輦來最稀（一作遠）此鳥何年隨海舶誰能徧歷海上峯萬怪千奇安可極兔生明月月在天玉兔不能久人間況爾來從炎瘴地豈識中州霜雪寒渴雖有飲飢有啄羈紲終知非爾樂天高海闊路（一作悠）茫茫嗟爾身微羽毛弱爾能識路知所歸吾欲開籠縱爾飛俾爾歸詫宛陵詩此老詩名聞四夷

清明前一日韓子華以靖節斜川詩見招遊李園既歸遂苦風雨三日不能出窮坐一室

家人輩倒殘壺得酒數杯泥深道路無人行去市又遠索於筐筥（一作篋）得枯魚乾蝦數種

彊飲疾醉昏然便寐既覺索然因書所見奉呈聖俞

少年喜追隨，老大厭諠譁。慙愧二三子，邀我行看花。花開豈不好，時節亦云嘉。因病既不飲，衆歡獨成（一作我）嗟。管絃暫過耳，風雨愁還家。三日不出門，堆豗類寒鴉。妻兒強我飲，飣餖果與瓜。濁酒傾殘壺，枯魚雜乾鰕。小婢立我前，赤脚兩髻丫。軋軋鳴雙絃，正如艣嘔啞。坐令江湖心，浩蕩思無涯。寵禄不知報，鬢毛今已華。有田清潁間，尚可事桑麻。安得一黄犢，幅巾駕柴車。

奉答原甫見過寵示之作

不作流水聲，行將二十年。吾生少賤足憂患，憶昔有罪初南遷。飛帆洞庭入白浪，墮淚三峽聽流泉。援琴寫得入此曲，聊以自慰窮山間。中間永陽亦如此，醉卧幽谷聽潺湲。自從還朝戀榮（一作寵）祿，不覺鬢髮俱凋殘。耳衰聽重手漸顫，自惜指法將誰傳。偶欣日色曝書畫，試拂塵埃張斷絃。嬌兒癡女遶翁膝，爭欲彊翁聊一彈。紫微閣老適我過，愛我指下聲泠然。戲（一作語）君此是伯牙曲，自古常歎知音難。君雖不能琴，能得琴（一作其）意斯為賢。自非樂道甘寂寞，誰肯顧我相

留連與闌東帶索馬去却鎖塵匣包青氊

會飲聖俞家有作兼呈原父景仁聖從

憶昨九日訪君時正見堦前兩叢菊愛之欲繞行百匝庭下不能容我足折花却坐時嗅之已醉還家手猶馥今朝我復到君家兩菊堦前猶對束枯莖槁葉苦風霜無復蕊叢金間緑京師誰家不種花碧砌朱欄敞華屋奈何來對兩枯株共坐窮簷何局促詩翁文字發天葩豈比青紅凡草木凡草開花數日間天葩無根長在目遂令我每飲君家不覺長缾卧牆曲坐中年少皆賢豪莫怪我今雙鬢秃須知朱顔不可

恃有酒當歡（一作飲）且相屬

依韻奉酬聖俞二十五兄見贈之作

與君結交遊，我最先衆人。我少既多難，君家常苦貧。今爲兩衰翁，髮白面亦皴。念君懷中玉，不及市上珉。珉賤易爲價，玉棄久埋塵。惟能吐文章，白虹射星辰。幸同居京城，遠不隔重闉。朝罷二三公，隨我如魚鱗。君聞我來喜，置酒留逡巡。不待主人請，自脱頭上巾。歡情雖漸鮮，老意益相親。窮達何足道，古來茲理均。

小飲坐中贈别祖擇之赴陜府（無擇）

明日君當千里行，今朝始共一罇酒。豈惟明日難重持試思此會何嘗有京師九衢十二門車馬煌煌事奔走花開誰得屢相過盞到莫辭頻舉手驩情落寞酒量減置我不須論老朽奈何公等氣方豪雲夢正當吞八九擇之名聲重當世少也多奇晚方偶西州政事藹風謡右掖文章煥星斗待君歸日我何爲手把鋤犂汝陰叟

奉答聖俞達頭魚之作

吾聞海之大物類無窮極蟲鰕淺水間巋蜆如山積毛魚與鹿角一龠（一作拾）數千百收藏各有時嗜好無南北其微（一作小）既若斯其大有（一作其大固）（一作大者固）莫測波濤浩

沙中島嶼生，頃刻俄而没不見始悟（一作久始）出背脊有時隨潮來暴死疑遭謫海人相呼集刀鋸爭剖（一作斫）析骨節駭專車鬚芒（一作牙）侔劒戟腥聞數十里餘臭久乃息始知百川歸固有含容德潛奇與祕寶萬狀（一作物）不一識嗟彼達頭微誰傳到（一作偶傳到，一作偶傳入）京國乾枯少滋味治（平聲）洗費炮炙聊茲知異物豈足薦佳客一旦辱（一作得）君詩虛名從此得（京師人不識此魚，滄州向防禦見寄以分聖俞辱以詩答）

送刁紡推官（一本無二字）歸潤州

翹翹名家子自少能慷慨嘗從幕府辟躍馬臨窮塞

是時西邊兵屢戰輒一作無功屢奔潰歸來買良田俛首學秉耒家爲白酒醇門掩青山對優游可以老世利何足愛奈何從所知又欲向并代主人忽南遷此計亦一作乃中悔彼在吾往一作乃從彼去吾亦退與人交若此可以言節槩

夜坐彈琴有感二首呈聖俞

吾愛陶靖節有琴常自隨無絃人莫聽此樂有誰知君子篤自信衆人喜隨時其中苟有得外物竟何爲寄謝伯牙子何須鍾子期

鍾子忽已死伯牙其已乎絶絃謝世人知音從此無

瓠巴魚自躍此事見於書師曠嘗一鼓羣鶴舞空虛
吾恐二三說其言皆過歟不然古今人愚智邈已殊
奈何人有耳不及鳥與魚

二月雪

寧傷桃李花無損杞與菊杞菊吾所嗜惟恐食不足
花開少年事不入老夫目老夫無遠慮所急在口腹
風晴日暖雪初銷踏泥自採籬邊綠

歸田四時樂春夏二首 秋冬二首命聖俞分作

春風二月三月時農夫在田居者稀新陽晴暖動膏
脉野水泛灩生光輝鳴鳩聒聒屋上啄布穀翩翩桑

下飛碧山遠映丹杏發青草暖眠黃犢肥田家此樂知者誰吾獨知之胡不歸吾已買田清穎上更欲臨流作釣磯

南風原頭吹百草草木叢深茅舍小麥穗初齊稚子嬌桑葉正肥蠶食飽老翁但喜歲年熟餉婦安知時節好野棠梨密啼晚鶯海石榴紅囀山鳥田家此樂知者誰我獨知之歸不早乞身當及彊健時顧我蹉跎已衰老

明妃曲和王介甫作

胡人以鞍馬爲家射獵爲俗泉甘草美無常處鳥驚

獸駭爭馳逐誰將漢女嫁胡兒風沙無情貌如玉身行不遇中國人馬上自作思歸曲推手爲琵却手琵胡人共聽亦咨嗟玉顔流落死天涯琵琶一作此曲却傳來漢家漢宫爭按新聲譜遺恨已深聲更苦纖纖女手生洞房學得琵琶不下堂不識黄雲出塞路豈知此聲能斷腸

盆池

西江之水何悠哉經歷灘石險且回餘波拗怒猶一作獨涵去澹奔濤擊浪常喧豗有時夜上滕王閣月照淨練一作綠無纖埃楊闌左里在其北無風浪起傳古

來老蛟深處獸窟穴蛇身微行見者猜呼龍灑酒未及祝五色粲一作照爛高崔嵬忽然遠引千丈去百里水面中分開收蹤滅跡莫知處但有雨雹隨風雷千奇萬變聊一戲豈一作肯顧溺死爲可哀輕人之命若螻螘不止山嶽將傾頹此外魚鰕何足道獸飫但覺腥盤杯壯哉豈不快耳目胡爲守此空牆隈陶盆斗水仍下漏四岸久雨生莓苔遊魚撥撥不盈寸泥潛日炙愁暴鰓魚誠不幸此蹻促我能決去反徘徊

再和明妃曲

漢宮有佳一作美人天子初未識一朝隨漢使遠嫁單

于國絕色天下無一失難再得雖能殺畫工於事竟何益耳目所及尚如此萬里安能制夷狄漢計誠已拙女一作美色難自誇明妃去時淚灑向枝上花狂風日暮起飄泊落誰家紅顏勝人多薄命莫怨春風當自嗟

奉送原甫侍讀出守永興一作奉送永興安撫劉侍讀

酌君以荆州魚枕之蕉贈君以宣城鼠須之管酒如長虹飲滄海筆若駿馬馳平坂愛君尚一作年少力方豪嗟我久衰歡漸鮮文章驚世知一作聞名早意氣論交相得晚魚枕蕉一舉十分當覆盞鼠須管爲物雖

微情不淺新詩醉墨時一揮別後寄我無辭遠

哭聖俞

昔逢詩老伊水頭青衫白馬渡伊流灘聲八節響石樓坐中辭氣凌清（一作高）秋一飲百盞不言休酒酣思逸語更遒河南丞相稱賢侯後車日載枚與鄒我年最少力方優明珠白璧相報投詩成希深擁鼻謳師魯卷舌藏戈矛三十年間如轉眸屈指十九歸山丘凋零所餘身百憂晚登玉墀侍珠旒詩老虀鹽太學愁乖離會合謂無由此會天幸非人謀頷鬚已白齒根浮子年加我貌則不歡猶可彊閑屢偷不覺歲月

成淹留文章落筆動九州釜甑過午無饘餾良時易失不早收篋櫝（一作櫃）瓦礫遺琳璆薦賢轉石古所尤此事有職非吾羞命也難知理莫求名聲赫赫掩諸幽翩然素旐歸一舟送子有淚流如溝

居士集卷第八

熙寧五年秋七月男發等編定

紹熙二年三月郡人孫謙益校正

石枕斷藁 哀憐一作矜憐 臨事一作任事 嘗聞一作昔時 好飲一作愛飲

夜聞風聲 以飛一作已飛 共侵迫共一作若

清明前一日奉呈聖俞 得酒一作得濁酒

贈別祖擇之 煌煌一作皇皇 落寞寞一作莫

達頭魚 剖析一作斫析

夜坐彈琴 見於書一作載諸書

二月雪 寧傷一作損

歸田四時樂 晚鶯一作曉鶯

明妃曲 無常處石本作隨山川 漢宮一作漢家

盆池 楊闌左里一作楊瀾左蠡 輕人之命石本作奈何人命 魚誠石本

作魚生幸此石本作幸遭能決去反石本作可決去猶

居士集卷第九　　歐陽文忠公集九

古詩三十首

寄題劉著作羲叟家園效聖俞體

嘉子治新園，乃在太行谷。山高地苦寒，當樹所宜木。羣花媚春陽，開落一何速。凜凜心節奇，惟應松與竹。毋栽當暑槿，寧種深秋菊。菊死抱枯枝，槿艷隨昏旭。黄楊雖可愛，南土氣常燠。未知經雪霜，果自保其緑。顔色苟不衰，始知根性足。此外衆草花，徒能悦凡目。千金買姚黄，慎勿同流俗。

西齋小飲贈别陜州沖卿學士分得黄字爲韻

今日胡不樂衆賓會高堂坐中瀛洲客新佩太守章豈無芳罇酒笑語共一觴亦有嘉一作佳菊叢新苞弄微黄所嗟時易晚節物已凄涼羣鷺方盛集離鴻獨高翔山川正摇落行李怯風霜君子樂爲政朝廷須儁良歸來紫微閣遺愛在甘棠

奉荅原甫九月八日見過會飲之作

老大惜時節少年輕別離我歌君當和我酌君勿辭豔豔庭下菊與君吟繞之擷其黄金蘂泛此白玉巵君勿愛此花問君此何時秋風日益高霜露漸離披芳歲忽已晚朱顏從此衰念君將捨我車馬去有期

君行一何樂，我意獨不怡。飛兎不戀羣，奔風誰能追。老驥但伏櫪，壯心良可悲。

予作歸鴈亭於滑州，後十有五年，梅公儀來守是邦，因取余詩刻于石，又以長韻見寄，因以答之一作和滑州公儀龍圖歸鴈亭長句

風吹城頭秋草黄，仰見鳴鴈初南翔。秋草風吹春復緑，南鴈北飛聲蕭蕭。城下臺邊桃李蹊，憶初披荒手植之。雪消冰解草木動，因記鴻一作欲記南鴈將歸時。爾來十載空遺迹，飛鴈年年自南北。臺傾餘址草荒涼，樹老無花春寂歷。東州太守詩尤美，組織文章爛如

綺長篇大句琢方石一日都城傳百紙我思古人無不然慷慨一作感槩功名垂百年沉碑身後念陵谷把酒泣下悲山川一時留賞雖邂逅後世傳之因不朽

寄題洛陽致政張少卿靜居堂

洛人皆種花花發有時闌君家獨種玉種玉產琅玕子弟守家法名聲聳朝端歲時歸拜慶閭里亦相歡西臺有道氣自少服靈丸春酒養眉壽童顏如渥丹清談不倦客妙思喜揮翰壯也已吏隱興餘方掛冠臨風想高誼懷祿愧盤桓

鬼車

嘉祐六年秋九月二十有八日天愁無光月不出浮雲蔽天衆星没舉手嚮空如抹漆天昏地黑有一物不見其形但聞其聲其初切切凄凄或高或低乍似玉女調玉笙衆管參差而不齊既而咿咿呦呦若軋若抽又如百兩江州車回輪轉軸聲啞嘔鳴機夜織錦江上羣鴈驚起蘆花洲吾謂此何聲初莫窮端由老婢撲燈呼兒曹云此怪鳥無足儔其名爲鬼車夜載百鬼凌空遊其聲雖小身甚大翅如車輪排十頭凡鳥有一口其鳴已啾啾此鳥十頭有十口口插一舌連一（一作十）喉一口出一聲千聲百響更相酬昔時

周公居東周猒聞此鳥憎若讎夜呼庭氏率其屬彎弧俾逐出九州射之三發不能中天遣天狗從空投自從狗嚙一頭落斷頸至今青血流爾來相距三千秋晝藏夜出如鵂鶹每逢陰黑天外過乍見火光驚輙墮有時餘血下點污（烏卧反）所遭之家家必破我聞此語驚且疑反祝疾飛無我禍我思天地何茫茫百物巨細理莫詳吉凶在人不在物一蛇兩頭反爲祥却呼老婢炷燈火捲簾開戶清華堂須臾雲散衆星出夜靜皎月流清光

感二子

黃河一千年一清，岐山鳴鳳不再（一作載）鳴。自從蘇梅二子死，天地寂默收雷聲。百蟲坏戶不啓蟄，萬木逢春不發萌。豈無百鳥解言語，喧啾終日無人聽。二子精思極搜抉，天地鬼神無遁情。及其放筆騁豪俊，筆下萬物生光榮。古人謂此覷天巧，命短疑爲天公憎。昔時李杜爭橫行，麒麟鳳凰世所驚。二物非能致太平，須時太平然後生。開元天寶物盛極，自此中原疲戰爭。英雄白骨化黃土，富貴何止浮雲輕。唯有文章爛日星，氣凌山岳常崢嶸。賢愚自古皆共盡，突兀空留後世名。

讀書

吾生本寒儒，老尚把書卷。眼力雖已疲，心意殊未倦。正經首唐虞，僞說起秦漢。篇章異句讀，解詁及箋傳。是非自相攻，去取在勇斷。初如兩軍一作兵交，乘勝方一作多酣戰。當其旗鼓催，不覺人馬汗。至哉天下樂，終日在几一作書案。念昔始從師，力學希仕宦。豈敢取聲名，惟期脫貧賤。忘食日已晡，燃薪夜侵旦。謂言得志一作意後，便可焚筆硯。少償辛苦時，惟事寢與飯。歲月不我留，一生今過半。中間嘗忝竊，內外職文翰。官榮日清近，廩給亦豐羨。人情慎所習，酖毒比安宴。漸追時俗流稍稍學營辨盃盤窮水陸賓客羅俊彥自從中年來人事攻百箭非惟職有憂亦自老可歎形骸若衰病心志亦退懦前時可喜事閉眼不欲見惟尋舊讀書簡編（一作編簡）多朽斷古人重温故官事幸有閒乃知讀書勤其樂固無限少而干禄利老用忘憂患又知物貴久至寶見百鍊紛華暫時好俯仰浮雲散淡泊味愈長始終殊不變何時乞殘骸萬一免罪譴買書載舟歸築室（一作屋）賴水岸平生頗論述銓次加點竄庶幾垂後世不默死芻豢信哉蠹書魚韓子語非訕

鴟鵂詞　效王建作

龍樓鳳闕一作閣鬱崢嶸深宮不聞更漏聲紅紗蠟燭愁夜短綠窗鴟鵂催天明一聲兩聲人漸起金井轆轤聞汲水三聲四聲促嚴粧紅靴玉帶奉君王萬年枝軟風露濕上下枝間聲轉急南衙促仗三衛列九門放鑰千官入重城禁籞鎖池臺此鳥飛從何處來君不見頼河東岸村一作春陂閬山禽野鳥常一作時嘲哳田家惟聽夏鷄聲鴟鵂京西村人謂之夏鷄夜夜壠頭耕曉月可憐此樂獨吾知眷戀君恩今白髮

初食鷄頭有感一本無有感字

六月京師暑雨多，夜夜南風吹芡觜。凝祥池鎖會靈園，僕射荒陂安可擬。京師賣五岳宫及鄭州雞頭最爲佳爭先園客採新苞，剖蚌得珠從海底。都城百物貴新鮮，厥價難酬與珠比。金盤磊落何所薦，滑臺撥醅如玉醴。自慙窮食萬錢廚，滿口飄浮嗟病齒。却思年少在江湖，野艇高歌菱荇裏。香新味全手自摘，玉潔沙磨軟還美。一瓢固不羨五鼎，萬事適情爲可喜。何時遂一作益買穎東田，歸去結茅臨野水。

雙井茶

西江水清江石老，石上生茶如鳳爪。窮臘不寒春氣早雙井芽生先百草白毛囊以紅碧紗十斤茶養一兩芽長安富貴五侯家一啜猶須三日誇寶雲日注非不精爭新棄舊世人情豈知君子有常德至寶不隨時變易君不見建溪龍鳳團不改舊時香味色

贈李士寧

蜀狂士寧者不邪亦不正混世使人疑詭譎非一行平生不把筆對酒時高詠初如不著意語出多奇勁傾財解人難去不道名姓（一無上六句）金（一作千）錢買酒醉高樓明月空床（一作清風）眠不醒一身四海即爲家獨行萬里聊乘興既不採藥賣都市又不點石化黃金進

不干公卿，退不隱山林，與之游者（一本四字作世之人）但愛其人，而莫（一作不）見其術，安知其心？吾聞有道之士，游心太虛，逍遙出入（一本二句止作逍遥太虚），常（一作動）與道俱，故能入火不熱（一作爇），入水不濡。嘗聞其語（一作吾雖聞其語矣），而未見其人也。豈斯人之徒與？不然，言不純師，行不純德（一作表），而（一本無而字）滑稽玩（一作傲）世，其東方朔之流乎？

明妃小引

漢宮諸女嚴粧罷，共送明妃溝水頭。溝上水聲來不斷，花隨水去不回流。上馬即知無返日，不須出塞始堪愁。

感事四首

老者覺時速，閑人知日長。日月本無情，人心有閑忙。
努力取功名，斷碑埋路傍。逍遥林下士，丘壠亦相望。
長生既無藥，濁酒且盈觴。

空山一道士，辛苦學延齡。一旦隨物化，反言仙已成。
開墳見空棺，謂已超青冥。尸（一作或）解如蛇蟬，換骨蜕
其形。既云須變化，何不任死生。

仙境不可到，誰知仙有無。或乘九斑虬，或駕五雲車。
朝倚扶桑枝，暮遊崑崙墟。往來幾萬里，誰復遇諸涂。
富貴不還鄉，安事富貴歟。神仙人不見，魑魅與爲徒。

人生不免死竄鬼入幽都仙者得長生又云超太虛
等爲不在世與鬼亦何殊得仙猶若此何況不得乎
寄謝山中人辛勤一何愚
莫笑學仙人山中苦岑寂試看青松鶴何似朱門客
朱門炙手熱來者無時息何嘗問寒暑豈暇謀寢食
彊顏悦憎怨擇語防仇敵衆欲苦無猒有求期必獲
敢辭一身勞豈塞天下責風波卒然起禍患藏不測
神仙雖杳茫富貴竟何得

新春有感寄常夷甫

余生本羈孤自少已非壯今而老且病何用苦惆悵

誤蒙三聖知，貪得過其量。恩私未知報，心志已凋喪。軒裳德不稱，徒自取譏謗。豈若常夫子，一瓢安陋巷。身雖草莽間，名在朝廷上。惟余服德義，久已慕恬曠。矧亦有吾廬，東西正相望。不須駕柴車，自可策藜杖。坐驚顏鬢日摧頹，及取新春歸去來。共載一舟浮野水，焦陂四面百花開。

昇天檜

青牛西出關，老聃始著五千言。白鹿去昇天，爾來忽已三千年。當時遺迹至今在，隱起蒼檜猶依然。惟能乘變化，所以爲神仙。驅鸞駕鶴須臾間，飄忽不見如

雲煙奈何此鹿起平地更假草木相攀緣乃知神仙事茫昧真僞莫究徒自傳雪霜不改終古色風雨有聲當夏寒境清物老自可愛何必詭怪窮根源

憶焦陂 一本無憶字注汝陰作

焦陂荷花照水光未到十里聞花香焦陂八月新酒熟秋水魚肥鱠如玉清河兩岸柳鳴蟬直到焦陂不下船笑向漁翁酒家保金龜可解不須錢明日君恩許歸去白頭酣詠太平年

贈許道人

洛城三月亂鶯飛潁陽山中花發時往來車馬遊山

客貪看山花踏山石紫雲仙洞鎖雲深洞中有人人不識飄飄許子旌陽後道骨仙風本仙胄多年洗耳避世喧獨卧寒巖聽山溜至人無心不筭心無心自得無窮壽忽來顧我何慇懃笑我白髮老紅塵子歸爲築巖前室待我明年乞得身

送龍茶與許道人

潁陽道士青霞客來似浮雲去無蹟夜朝北斗太清一作虚壇不道姓名人不識我有龍團古蒼璧九龍泉深一百尺憑君汲井試烹之不是人間香味色

馴鹿

朝渴飲清池暮飽眠深柵慙媿主人恩自非殺身難報德主人施恩不待報哀爾胡爲網羅獲南山鵲鵲動春陽吾欲縱爾山之傍巖崖雪盡飛泉溜澗谷風吹百草香飲泉齧草當遠去山後山前射生戶

留題齊州舜泉

岸有時而爲谷海有時而爲田虞舜已歿三千年耕田浚井雖鄙事至今遺迹存依然歷山之下有寒泉向此號泣于旻天無情草木亦改色山川慘淡生雲煙一朝垂衣正南面臯夔稷契來聯翩功高德大被萬世今人過此猶留連齊州太守政之暇鑿渠開沼

踈清漣遊車擊轂惟恐後衆卉亂發如爭先豈徒邦
人知樂此行客亦爲留征軒

山齋戲書絶句二首

蜜脾未滿蜂採花麥壠已深鳩喚（一作叫）雨正是山齋
睡足時不覺花間日亭午

經春老病不出門坐見羣芳爛如雪正當年少惜花
時日日春風吹石裂

嘲少年惜花

紛紛紅蘂落泥沙少年何用苦咨嗟春風自是無情
物肯爲汝惜無情花今年花落明年好但見花開人

自老人老不復少，花開還更（一作復）新。使花如解語，應笑惜花人。

出郊見田家蠶麥已成慨然有感

誰謂田家苦，田家樂有時。車（昌遮切）鳴繅白繭，麥熟轉黄鸝。田家此樂幾人知，幸獨知之未許歸。逢時得寵已逾分，報國無能徒爾爲。收取玉堂揮翰手，却尋南畝把鋤犁。

射生户

予初至州，獵户有獻狼豹者。

射生户，前日獻一豹，今日獻一狼。豹因傷我牛，狼因食我羊。狼豹誠爲害，人物縣官賞之縑五疋。射生户

持廉歸爲人除害固可賞貪功趨利爾勿爲弦弓毒矢無妄發恐爾不識麒麟兒

戲石唐山隱者

石唐仙室紫雲深潁陽真人此篝心真人已去升寥廓歲歲巖花自開落我昔曾爲洛陽客偶向巖前坐盤石四字丹書萬仞崖神清之洞鎖樓臺雲深路絶無人到鸞鶴今應待我來

居士集卷第九

熙寧五年秋七月男發等編定

紹熙二年三月郡人孫謙益校正

西齋小飲　衆賓一作賢

歸鴈亭　仰見一作看

食雞頭　都城一作都人

感事　苦無猒苦一作貪

昇天檜　自傳一作相傳

朝少年情花　紅蘂一作紅紫

出郊有感　鳴繅繅一作繰

鸚鵡詞　促仗碑本促作捉似重磨再刻案唐書儀衛志三衛番上分爲五仗又云帶刀捉仗列坐于東西廊號曰内仗又云内外諸門以排道人帶刀捉仗而立號曰立門仗成都眉州綿州欄州大抵本並作作吉州本及時賢文纂並作捉

鎻池臺鎻碑作瑣

居士集卷第十　　歐陽文忠公集十

律詩六十首

送王汲宰藍田

喧喧動車馬，共出古都門。落日催行客，東風吹酒鐏。樹揺秦甸緑，花入輞川繁。若遇西來旅，時應問（一作望）故園。

徽安門曉望

都門收宿霧，佳氣鬱葱葱。曉日寒川上，青山白霧（一作露）中。樓臺萬瓦合，車馬九衢通。恨乏登高賦，徒知京邑雄。

送孟都官知蜀州

名郎出粉闈，佳郡古關西。幾驛秦亭盡，千山蜀鳥啼。朱輪照耕野，緑芋覆秋畦。向闕應東望，雲深隴樹迷。

南征回京至界上驛先呈城中諸友

朝雲來少室，日暮向箕山。本以無心出，寧隨倦客還。春歸伊水緑，花晚洛橋閑。誰有餘罇酒，相期一解顔。

逸老亭 一本注彭城公白蓮庄

上相此忘榮，怡然物外情。池光開小幌，山翠入重城。野鳥窺華袞，春畦勞耦耕。枕前雙鴈没，雨外一川晴。解組金龜重，調琴赤鯉驚。雖懷安石趣，豈不爲一作念

蒼生

廣愛寺

都人布金地紺宇巋然存山氣蒸經閣鍾聲出國門老杉春自緑古壁雨先昏應有幽人屐來留石蘚痕

弔黄學士三首名鑑

麗正讎書久蘭臺約史成迎親就江水厭直出承明世德無雙譽詩豪第一評風流今頓盡響像憶平生沈約多清瘦文園仍病痟共疑天上召更欲水邊招金馬人相弔長沙物易妖秋風吹越樹歸旐自飄飄自古蘭衰早因令蕙歎深書遺茂陵槀病作越鄉吟

萬里無春色閩山蔽夕陰空嗟埋玉樹齎志永沉沉

雨後獨行洛北

北闕望南山明嵐雜紫煙歸雲向嵩嶺殘雨過伊川樹繞芳隄外橋横落照前依依半荒苑行處獨聞蟬

陪府中諸官遊城南 一本注西京作

一雨郊圻迥新秋榆棗繁田荒溪溜入禾熟雀聲喧燒出空槎腹人耕廢廟垣閑追向城客落日隱高原

智蟾上人遊南岳

終日念雲壑南歸心浩然青山入楚路白水望湖田野渡惟浮鉢山家少施錢到時春尚早收茗緑巖前

送左殿丞（一作直）入蜀

傳聞蜀道難，行客若登天。紫竹深無路，黃花忽見川。闢禽嗟異域，問俗訪耆年。欲識京都遠，惟應望日邊。

秋郊曉行（一作望）

寒郊桑柘稀，秋色曉依依。野燒侵河斷，山鴉向日飛。行歌採樵去，荷鍤刈（一作治）田歸。秋（一作村）酒家家熟，相邀白竹扉。

被牒行縣因書所見呈寮友

周禮恤凶荒，軺車出四方。土龍朝祀雨，田火夜驅蝗。木落孤村迥，原高百草黃。亂鴉鳴古堞，寒雀聚空倉。

桑野人行饁魚陂鳥下梁晚煙茅店月初日橐林霜
墐户催寒候叢祠禱歲穰不妨行覽物山水正蒼茫

緱氏縣作

亭候徹郊畿人家嶺坂西青山臨古縣緑竹繞寒溪
道上行收穗桑閒晚漑畦東皐有深趣便擬卜幽棲

又行次作

秋色滿郊原人行禾黍閒雉飛横斷澗燒響入空山
野水蒼煙起平林夕鳥還嵩嵐久不見寒碧更孱顔

送梅秀才歸宣城

從學方年少還家鬢髩金久爲江北客能作洛生吟

罷亞霜前稻，鉤輈竹上禽。歸帆何處落，應拂野梅林。

鞏縣陪祭獻懿二后回孝義橋道中作

落日漢陵道，初寒慘暮飆。遥看山口火，暗渡洛川橋。不見新園樹，空聞引葬簫。林鵶棲已定，猶（一作獨）此倦征鑣。

送謝學士歸闕

供帳拂朝煙，征鞍去莫攀。人醒風外酒，馬度雪中關。舊府誰同在，新年獨未還。遥遥應行路，者偏識綵衣斑。

河南王尉西齋

寒齋日蕭索，天外散簷楹。竹雪晴猶覆，山窻夜自明。

禽歸窺野客雲去入重城欲就陶潛飲應須載酒行

張主簿東齋

官舍掩寒扉聊同隱者棲溪流穿竹過（一作迴）山鳥入城啼賓主高談勝心冥外物齊惟應朝枕夢長猒騰隣（一作林）雞

留守相公禱雨九龍祠應時獲澍呈府中同寮

古木鬱沉沉祠亭相衮臨雷驅山外響雲結日邊陰霡霂來初合依微勢稍深土膏潛動脈野氣欲成霖隴上連雲色田間擊壤音明光應奏瑞黃屋正焦心

帝邑三川美，離宫萬花森。廢溝鳴故苑，紅藹發青林。南畝猶須勸，餘春尚可尋。應容後車（一作車後）客，時作洛生吟。

春日獨遊上林院後亭見櫻桃花奉寄希深聖俞仍酬遽中見寄之什

昔日尋春地，今來感歲華。人行已荒徑，花發半枯槎。高榭林端出，殘陽水外斜。聊持一罇酒，徙倚憶天涯。

獨至香山憶謝學士（一作希深）

伊水弄春沙，山臨水上斜。曾爲謝公客，徧（一作偏）入梵王家。陰澗初生草，春嵓自落花。却尋題石處，歲月已

堪嗟

春晚同應之偶至普明寺小飲作

偶來林下逕，共酌竹間亭。積雨添方（芳一作）沼，殘花點緑萍。野陰侵席潤，芳氣襲人醒。禽鳥休驚顧，都忘兀爾形。

黄河八韻寄呈聖俞

河水激箭險，誰言航葦遊。堅冰馳馬渡，伏浪卷沙流。樹落新摧岸，湍驚忽改洲。鑿龍時退鯉，漲潦不分牛。萬里通槎漢，千帆下漕舟。怨歌今罷築，故道失難求。灘急風逾響，川寒霧不收。詎能窮禹迹，空欲問張侯。

和應之同年兄秋日雨中登廣愛寺閣寄梅

聖俞

經年都洛與君交共許詩中思最豪舊社更誰能擁

鼻新秋有客獨登高徑蘭欲謝悲零露籬菊空開乏

凍醪縱使河陽花滿縣亦應留滯感潘毛

晚過水北

寒川消積雪凍浦漸通流日暮人歸盡沙禽上釣舟

罷官西京回寄河南張主簿

歸客下三川孤郵暫解鞍鳥聲催暮急山氣欲晴寒

已作愁霖詠猶懷祖帳歡更聞溪溜響疑是石樓灘

寄西京張法曹

幕府三年客，羣居幾日親。初分闕一作闗口路，猶見洛陽人。壠麥晴將秀，田花晚自春。向家行漸近，豈復倦征輪。

離彭婆值雨投臨汝驛回寄張九乇田司録

投館野花邊，羸驂晚不前。山橋斷行路，溪雨漲春田。樹冷無棲鳥，村深起暮煙。洛陽山已盡，休更望伊川。

朱家曲 一本有并引字

朱家曲自許縣北門上赤坂岡分道西行入小路三十里有村市臨古河商賈之販京師者舟車皆會此居民繁雜宛然如江鄉予以事偶至此宿旅邸明日遂起京師

行人傍衰柳，路向古河窮。桑柘田疇美，漁商市井通。薪歌晚入浦，舟子夜乘風。旅舍孤煙外，天京王氣中。山川許國近，風俗楚鄉同。宿客雞鳴起，驅車猶更東。

行至椹澗作

霜後葉初鳴，羸驂遶澗行。川原人遠近，禾黍日晴明。病質驚殘歲，歸塗歎（一作壓）暮程。空林聚寒雀，疑已作春聲。

送謝希深學士北使

漢使入幽燕，風煙兩國間。山河持節遠，亭障出疆閑。征馬閑笳躍，雕弓向月彎。禦寒低便面，贈客解刀環。

鼓角雲中壘，牛羊雪外山。穹廬鳴朔吹，凍酒發一作啓朱顏。塞草生侵磧，春榆緑蒲關。應須鴈北嚮，方值使南還。

送賈推官赴絳州

白雲汾水上，人北鴈南飛。行李山川遠，風霜草木腓。郡齋賓榻掛，幕府羽書稀。最有題輿客，偏思玉麈揮。

送張如京知安肅軍

相逢舊從事，新命忽臨戎。界上山河壯，軍中鼓角雄。朔風馳駿馬，塞雪射驚鴻。試取封侯印，何如筆硯功。

送威勝軍張判官

北地不知春，惟看榆葉新。岑年多武士，王塵重嘉賔。野燐一作燒驚行客，烽煙入遠一作暮塵。繫書沙上雁，時寄日邊人。

送同年史褒之武功尉

久作遊邊客，常悲入塞笳。今茲一尉遠，猶困折腰嗟。白馬關中道，青天一作煙棧外家。過秦應弔古，惟有故山斜。

送祝熙載之東陽主簿

吳江通海浦，畫舸候潮歸。疊鼓山間響，高帆鳥外飛。孤城秋枕水，千室夜鳴機。試問還家客，遼東今是非。

鄭十一先輩赴四明幕一本注初授洋川辭不行

梁漢褒斜險，夫君畏遠遊。家臨越山下，帆入海潮頭。岸柳行稍盡，江蓴歸漸秋。故鄉看衣錦，寧羨李膺舟。

送丁元珍峽州判官一作送朱處仁

爲客久南方，西游更異鄉。江通蜀國遠，山閉楚祠荒。油幕無軍事，清猿斷客腸。惟應陪主諾，不費日飛觴。

送楚建中潁州法曹

冠蓋盛西京，當年相府榮。曾陪鹿鳴宴，徧一作偏識洛陽生。共歎長沙謫，空存許劭評。堪嗟桃李樹，何日見陰成。

送王尚恭隰州幕

去國初游宦，從軍苦寂寥。愁雲帶一作傍城起，畫角向山飄。秋勁方馳馬，春寒正襲貂。遥知爲客恨，應賴酒盃消。

送王尚喆三原尉

初仕便西轅，驪駒两佩環。山河識天府，風雨度函關。桑柘千疇富，人煙萬井閑。欲爲京洛詠，應苦簿書間。

送餘姚陳寺丞最

銅墨佩腰間，中流望若一作似仙。鳴蟬汴河柳，畫鷁越鄉船。下瀨逢江鴈，瞻氛落海鳶。山川仍客思，盡入隱

侯篇

送廖八下第歸衡山

曾作關中客，嘗窺百二疆。自言秦隴一作嶺水，能斷楚人腸。失意倦京國，羇愁成鬢霜。何如伴征鴈，日日向衡陽。

夏侯彥濟武陟尉

風煙地接懷，井邑富田垓。河近聞氷圻，山高見雨來。官閑同小隱，酒美足銜盃。好去東籬菊，迎霜正欲開。

遠山

山色無遠近，看山終日行。峯巒隨處改，行客不知名。

宋宣獻公挽詞三首

望繫朝廷重文推天下工清名畏楊綰故事問胡公揔議垂爲相風流頓已窮仁言博哉利獻替有遺忠

識度推明哲風猷藹縉紳何言止中壽遂不秉洪鈞翰墨時爭寶詞章晚愈新哭哀文伯母悲感路傍人

結髮一作綬逢明主馳聲著兩朝奠楹先有夢升屋豈能招贈服三公衮兼榮七葉貂春風笳鼓咽松栢助蕭蕭

初出真州泛大江作

孤舟日日去無窮行色蒼茫杳靄中山浦轉帆迷向

背夜江看斗辨西東。濾田漸下雲間雁，霜日初丹水上楓。蓴菜鱸魚方有味，遠來猶喜及秋風。

江行贈雁

雲間征雁水間棲，矰繳方多羽翼微。歲晚江湖同是客，莫辭伴我更南飛。

松門 已下五首一本屬夷陵九詠

島嶼松門數里長，懸崖對起碧峯雙。可憐勝境一作景當窮塞，黿使留一作流人戀此邦。亂石驚灘喧醉枕，淺沙明月入船窗。因遊始覺南來遠，行盡荊江見蜀江。

下牢津

依依下牢口，古戍鬱嵯峨入峽江漸曲轉灘山更多
白沙飛白鳥青障（一作嶂）合青蘿遷客初（一作嘗一作多）經此
愁詞作楚歌

龍溪

潺潺出亂峯演漾緑蘿風淺瀨寒難涉危槎路不通
朝雲起潭側飛雨徧江中更欲尋源去（一作上）山深不
可窮

勞停驛

孤舟轉山曲豁爾見平川樹杪帆初落峯頭月正圓
荒煙幾家聚瘦野一刀田行客愁明發驚灘鳥道前

黃溪夜泊

楚人自古登臨恨，暫到愁腸已九回。萬樹蒼煙三峽暗，滿川明月一猿哀。非鄉況復驚殘歲，慰客偏宜把酒盃。行見江山（一作山河）且吟詠，不因遷謫豈能來。

望州坡

聞說夷陵人爲愁，共言遷客不堪遊。崎嶇幾日山行倦，却喜坡頭見峽州。

居士集卷第十

熙寧五年秋七月男發等編定

紹熙二年三月郡人孫謙益校正

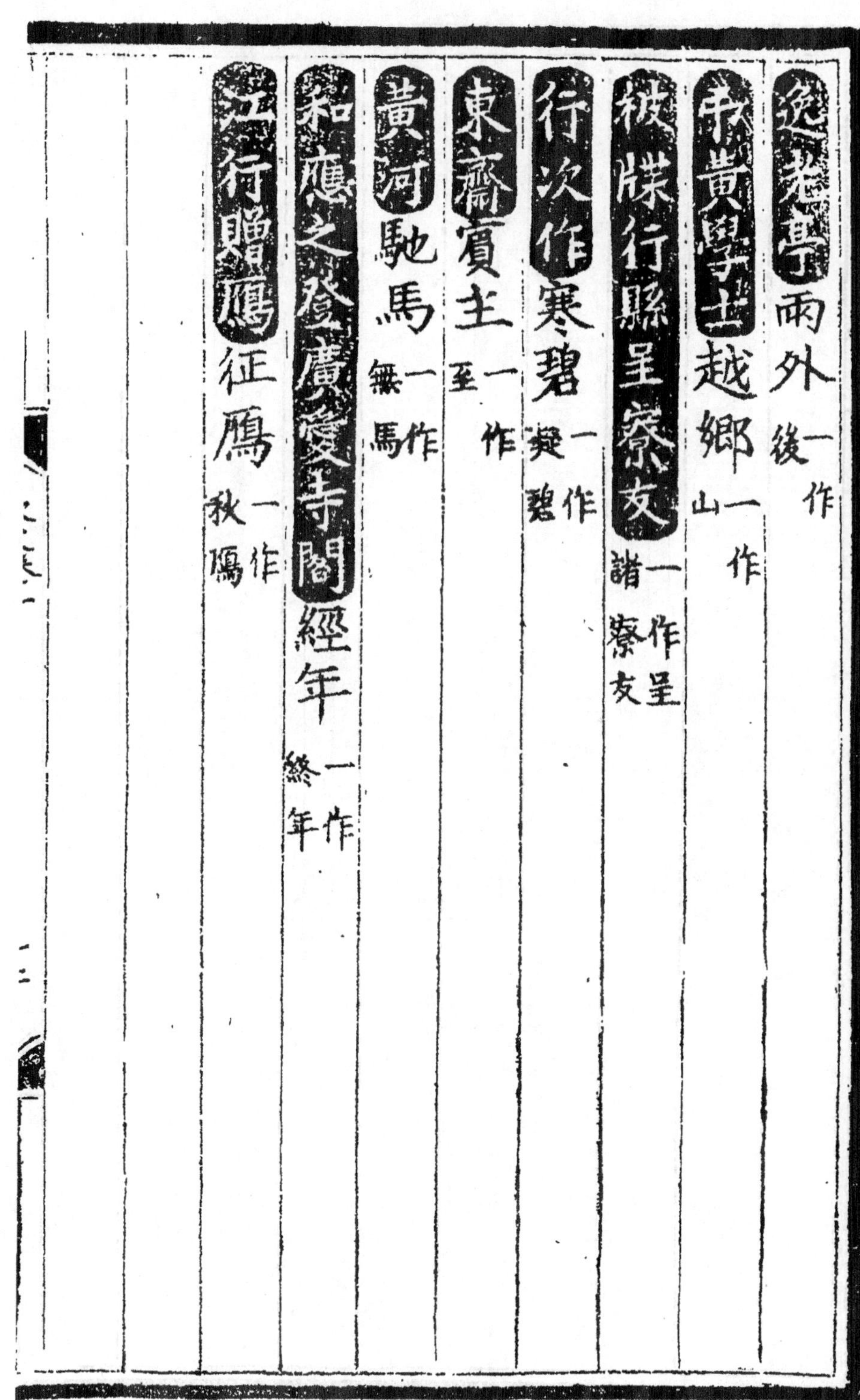

逸老亭雨外一作後

和黄學士越鄉一作山

被牒行縣呈寮友一作呈諸寮友

行次作寒碧一作疑碧

東齋賓主一作至

黄河馳馬一作無馬

和應之登廣愛寺閣經年一作終年

江行贈鴈征鴈一作秋鴈

居士集卷第十一　歐陽文忠公集十一

律詩五十七首

初至夷陵答蘇子美見寄

三峽倚岩嶤，同（一作南）遷地最遙。物華雖可愛，鄉思獨無聊。江水流青嶂，猿聲在碧霄。野篁抽夏筍，叢橘長春條。未臘梅先發，經霜葉不凋。江雲愁（一作懸）蔽日，山霧晦連朝。斫谷爭收漆，梯林鬬摘椒。巴賨船賈集（一作巴江船賈至），蠻市酒旗招。時節同荆俗，民風載楚謡。俚歌成調笑，𢷎（一作𢷎）鬼聚喧囂（夷陵之俗多淫奔，又好祠祭，每遇祠時，里民數百共餕其餘，里語謂之𢷎鬼，因此多成鬭訟）。得罪宜投裔，包羞分折腰。光陰

催晏歲牢落慘驚飆白髮新年出朱顏異域銷縣樓
朝見虎官舍夜聞鵶寄信無秋鴈思歸望斗杓須知
千里夢長繞洛川橋

冬後三日陪丁元珍遊東山寺

幕府文書日已稀清罇歲晏喜相携寒山帶郭穿松
路瘦馬尋春踏雪泥翠蘚蒼崖森古木綠蘿盤石暗
深溪爲貪賞物來猶早迎臘梅花吐未齊

送前巫山宰吳殿丞 字照鄰

俊域當年仰下風天涯今日一罇同高文落筆妙天
下清論揮犀服坐中江上掛帆明月峽雲間謁帝紫

微宫山城寂寞少嘉客喜見瓊枝一作林尉病翁

龍興寺小飲呈表臣元珍

平日相從樂會文博梟壺馬占朋分罰籌多似昆陽矢酒令嚴於細柳軍蔽日雪雲猶黲䨴欲晴花氣漸氛氳一罇萬事皆毫末蜾蠃螟蛉豈足云

縣舍不種花惟栽楠木冬青茶竹之類因戲書七言四韻

結綬當年仕兩京自憐年少體猶輕伊川洛浦尋芳徧魏紫姚黄照眼明客思病來生白髮山城春至少紅英芳叢密葉聊須種猶得蕭蕭聽雨聲

至喜（一作虛白）堂新開北軒手植楠木兩株走筆呈元珍表臣

爲憐碧砌宜佳樹，自斸蒼苔選緑叢。不向芳菲趁（一作赴）開落，直須霜雪見青葱。披條泫轉清晨露，響葉蕭騷半夜風。時掃濃陰北窗下，一枰閑且伴衰翁。

戲答元珍（一本下云花時久雨之什）

春風疑不到天涯，二月山城未見花。殘雪壓枝猶有橘，凍雷驚筍欲抽芽。夜聞歸鴈生鄉思，病入新年（一作鳥聲漸變知芳節人意無聊）感物華。曾是洛陽花下客，野芳雖晚不須嗟。

初晴獨遊東山寺五言六韻

日暖東山去，松門數里斜。山林隱者趣，鍾鼓梵王家。地僻遲春節，風晴變一作別物華。雲光漸容與，鳥哢已交加。冰下泉初動，煙中茗未芽。自憐多病客，來探欲開花。

夷陵歲暮書事呈元珍表臣一本作元珍判官表臣推官

蕭條雞犬亂山中，時節崢嶸忽一作歲已窮。遊女髻鬟風俗古，野巫歌舞歲年豐。夷陵俗朴陋，惟歲暮祭鬼，則男女數百相從而樂飲，婦女競爲野服以相遊嬉。夷陵俗下一本有古字平時都邑今爲陋，敵國江山昔最雄。三國時吳蜀戰爭於此荆楚先賢多勝迹，不辭携酒

問鄰翁處士何參居縣舍西好學多知荆楚故事

夷陵書事寄謝三舍人一作代書寄舍人三丈

春秋楚國西偏境，陸羽茶經第一州。紫籜青林長蔽日，綠叢紅橘最宜秋。道塗處險人多負，邑屋臨江俗善泅。臘市漁一作魚鹽朝暫合，淫祠簫鼓歲無休。風鳴燒入空城響，雨惡江崩斷岸流。月出行歌聞調笑，花開啼鳥亂鈎輈。一本有訟庭畫地通人語，邑政觀風間俚謳。土俗雖輕人自樂，山川信美客偏愁四句黃牛峽口經新歲，白玉京中夢舊遊。曾是洛陽花下客，欲誇風物向君羞。

戲一作寄贈丁判官

西陵江口折寒梅，爭勸行人把一（一作酒）盃。須信春風無遠近，維舟處處有花開。

寄梅聖俞（一本注夷陵作）

青（一作春）山四顧亂無涯，雞犬蕭條數百家。楚俗歲時多雜鬼，蠻鄉（一作風）言語不通華。繞城江急舟難泊，當縣山高日易斜。擊鼓踏歌成夜市，邀龜卜雨趂燒（一作春）畬。叢林白晝飛妖鳥，庭砌非時見異花。惟有山川爲勝絶，寄人堪作畫圖誇。

離峽州後回寄元珍表臣（一本作元珍判官表臣推官）

經年遷謫猒荆蠻，惟有江山興未闌。醉裏人歸青草

渡夢中船下武牙灘野花零落一作亂風前亂一作舞飛

雨蕭條江上寒荻筍時魚方有味恨無佳客共盃盤

再至西都一作寄謝希深

伊川不到十年間魚鳥今應怪我一作我自還浪得浮名

銷壯節羞將一作看白髮見一作對青山野花向客開如一作異花向我情猶笑芳草留人意自閑却到一作行至謝公題壁

處向風清淚獨一作臨風清淚落潺潺

過錢文僖公白蓮莊

城南車馬地行客過徘徊野水寒猶入餘花晚自開

命賓曾授簡開府最多才今日西州路何人更獨來

謝公挽詞三首

始見行春旆，俄聞引葬簫。笑言猶在耳，寃魄遂難招。天象奎星暗，辭林玉樹凋。朔風吹霰雪，銘旐共飄飄。

前日賓齋宴，今晨奠柩觴。死生公自達，存没世徒傷。舊國難歸葬，餘貲不給喪。平生公輔志，所一作可得在文章。

樂事與良辰，平生愛洛濱。泉臺一閉夜，蒿里不知春。翰墨猶新澤，圖書已素塵。堪憐寢門哭，猶有舊時賓。

愁牛嶺

邦人盡一作自說畏愁牛一作牛愁，不獨牛愁我亦愁。終日

下（一作遠）山行百轉却從山腳望山頭

寄子山待制二絶（一本後篇作別鎮陽寄沈待制）

留滯西山獨可嗟，殘春過盡始還家。落花縱有那堪醉（一作看，一作愛），何況歸時無落花。

聞君屢醉賞紅英，落盡殘花酒未醒。嗟我落花無分看，莫嫌狼籍掃中庭。

寄秦州田元均

由（一作近）來邊將用儒臣，坐以威名撫漢軍。萬馬不嘶聽號令，諸蕃無事著（一作樂）耕耘。夢回夜帳聞羌笛，詩就高樓對隴（一作暮）雲。莫忘（一作望）鎮陽遺愛在（一作地），北

潭桃李正氛氳一作春深桃李正絪緼

送沈待制陝西都運邈

幾歲瘡痍近息兵，經營方喜得時英。從來漢粟勞飛輓，當使秦人自戰耕。道左旌旗諸將列，馬前弓一作冠劍六蕃迎。知君材力多閑暇，剩聽陽關醉後聲。

欒城遇風効韓孟聯句體

歲暮氛霾惡，冬餘氣候爭。吹噓回暖律，號令發新正。遠響來猶漸，狂奔勢益橫。頹城鏖戰鼓，掠野過陰兵。掃蕩無餘靄，顛摧鮮立莖。五山摇岌嶪，九鼎沸煎烹。玉石焚岡裂，波濤卷海傾。遥聽午合市，爭呼夜驚營。

慘極雲無色陰窮火自生電鞭時砉劃雷軸助喧轟孔竅千聲出陰幽百恠呈狐妖憑莽蒼鬼焰走青熒奮怒神增悚中休耳暫清胡兵占月暈江客候鼉鳴飄葉千艘失飛空萬瓦輕獵豪添馬健舶穩想帆征畏壓頻移席陰祈屢整纓凍消初醒蟄枯活欲抽萌病體愁山館春寒賴酒鐺雞號天地白登壠看晴明

過中渡二首

中渡橋邊十里堤寒蟬（一作梅）落盡柳條衰年年塞下春風晚誰見輕黃弄色時

得歸還自歎淹留中渡橋邊柳拂頭記得來時橋上

過斷冰殘雪滿河流

自河北貶滁州初入汴河聞鴈

陽城淀裏新來鴈趁伴南飛逐一作何事來隨南越船野岸柳黃霜正白五更驚破客愁眠

自勉

引水澆花不厭勤便須已有鎮陽春官居處處如郵傳誰得三年作主人

席上送劉都官

都城車馬日喧喧雖有離歌不慘顏豈似客亭臨野岸暫留罇酒對青山天街樹綠騰歸騎玉殿霜清綴

曉班莫忘西亭曾醉處，月明風溜響潺潺。

寄劉都官

別後山光寒更綠，秋深酒美色仍清。繞亭黃菊同君種，獨對殘芳醉不成。

書王元之畫像側在瑯琊山

偶然來繼前賢迹，信矣皆如昔日言。諸縣豐登少公事，一家飽暖荷君恩。想公風采常如在，顧我文章不足論。名姓已光青史上，壁間容貌任塵昏。公貶滁州謝上表云：諸縣豐登，苦無公事；一家飽暖，共荷君恩。

題輿嘗屈佐留京，攬轡今行（一作來）按屬城。楚館尚看淮月色，嵩雲應過虎關迎。春寒酒力風中醒，日暖梅香雪後清。野俗經年留惠愛，莫辭臨別醉冠傾。

寄題宜城縣射亭

作邑三年事事勤，宜城風物自君新。已能爲政留遺愛，何必栽花遺後人。藹若芝蘭芳可襲，温如金玉粹而純。友朋欣慕自如此，何況斯民父母親。

豐樂亭遊春三首

緑樹交加山（一作新陰野）鳥啼，晴風蕩漾落（一作晚晴斜日雜）花飛。鳥歌花舞太守醉，明日（一作月）酒醒春已（一作色）歸。

春雲淡淡日輝輝，草惹行襟絮拂衣。行到亭西逢太守，籃輿酩酊插花歸。

紅樹青山日欲斜，長郊草色緑無涯。遊人不管春將老一作盡，來往一作空遠亭前踏落花。

謝判官幽谷種花

淺深紅白宜相間，先後仍須次第栽。我欲四時携酒去，莫教一日不花開。

畫眉鳥一作郡齋聞百舌

百囀千聲隨一作任意移，山花紅紫樹高低。始知鎖向金籠聽，不及林間自在啼。

懷嵩樓新開南軒與郡僚小飲

繞郭雲煙一作閣煙雲匝幾重昔人曾此感懷嵩霜林落後山爭出野菊開時酒正濃解帶西風飄畫角倚欄斜日照青松會須乘醉攜嘉客踏雪來看羣玉峯

送張生

一別相逢十七春頽顔衰髮互相詢江湖我再爲遷客道路君猶困旅人老驥骨奇心尚壯青松歲久色逾新山城寂寞難爲禮一作客濁酒無辭舉爵頻

田家

綠桑高下映平川賽罷田神笑語喧林外鳴鳩春雨

欹屋頭初日杏花繁

別滁

花光濃爛柳輕明，酌酒花前送我行。我亦且（一作祇）如常日醉，莫教絃管作離聲。

答謝判官獨遊幽谷見寄

聞道西亭偶獨登，悵然懷我未忘情。新花自向遊人笑，啼鳥猶爲舊日聲。因拂醉題詩句在，應怜手種樹陰成。須知別後無由到，莫厭頻携野客行。

招許主客

欲將何物招嘉客，惟有新秋一味涼。更（一作靜）掃廣庭

寬一作開百畝少容明月放一作吐清光樓頭破鑑看將
滿甕面浮蛆撥巳香仍一作更約多為詩準備共防梅
老敵難當

金鳳花

憶繞朱欄手一作喜自栽綠一作繁叢高下幾番開中庭
雨過無人迹狼籍深紅點綠苔

鷺鷥

風格孤高塵外物性情閑暇水邊身盡日獨行溪淺
處青苔白石見纖鱗

野鵲

鮮鮮毛羽耀朝輝紅粉墻頭緑樹枝日暖風輕言語軟應將喜報主人知

木芙蓉

種處雪消春始動開時霜落鴈初過誰裁金菊叢相近織出新番蜀錦窠

樵者

雲際依依認舊林斷崖荒磴路難尋西山望見朝來雨南澗歸時渡處深

詠雪

至日陽初復豐年瑞遽臻飄颻初未積散漫忽無垠

萬木青煙滅，千門白晝新。往來衝更合，高下著何勻。望好登長榭，平堪走畫輪。馬寒毛縮蝟，弓勁力添鈞。客醉看成眩，兒嬌（一作驕）咀且韃。虛堂明永夜，高閣照清晨。樹石詩翁對，川原獵騎陳。凍狐迷舊穴，飢（一作饑）雀噪空囷。此土偏宜稼，而予濫長人。應須待和暖，載酒共行春。

送楊先輩登第還家

解榻方欣待儁英，掛帆千里忽南征。錦衣白日還家樂，鶴髮高堂獻壽榮。殘雪楚天寒料峭，春風淮水浪崢嶸。知君歸意先飛鳥，莫惜停舟酒屢傾（一作餞行）。

初至潁州西湖一作到潁治事之明日行西湖上種瑞蓮黄楊一作因與郡官小酌其上聊書所見寄淮南轉運呂度支發運許主客

平湖十頃碧琉璃，四面清陰乍合時。柳絮已將春去遠，海棠應恨我來遲。啼一作鳴禽似與遊人語，明一本作好月閑撑野一作小艇隨。每到最佳堪樂處，却思君共把芳卮。

三橋詩皇祐元年新作三橋而名之既而又爲之詩

朱欄明緑水，古柳照斜陽。何處偏宜望，清漣對女郎。青漣閣名後改作去思堂

右宜遠

鳴騶入遠樹，飛蓋渡長橋。水闊鷺雙起，波明魚自跳。

右飛蓋

輕舟轉孤嶼，幽浦漾平波。回看望佳處，歸路逐漁歌。

右望佳

答通判呂太傅

千頃芙蕖蓋水平（郡伯荷花四望極目），揚州太守舊多情。畫盆圍處花光合（予嘗採蓮千朵，插以畫盆，圍繞坐席），紅袖傳來酒令行（又嘗命坐客傳花，人摘一葉，葉盡處飲，以爲酒令）。舞踏落暉留醉客，歌遲檀板換新聲。如今寂寞西湖上，雨後無人看落英。

祈雨曉過湖上

清晨驅馬思悠然渺渺平湖碧玉田曉日未昇先起霧緑陰一本作雲初合自生煙身閑始覺時光好春去猶餘物色妍更待四郊甘雨足相隨簫鼓樂豐年

居士集卷第十一

熙寧五年秋七月男發等編定

紹熙二年三月郡人孫謙益校正

此卷答蘇子美見寄云祭鬼聚喧囂本注夷陵俗好祠祭每遇祠時里民數百共餕其餘里俗謂之祭鬼諸本皆同惟蜀本以祭爲𢶍朝佐按類篇𢶍初葛切挑取也推也有推食之義蜀去峽近故能知其方言又吉州羅寺丞家京師舊本亦作㩮按集韻㩮桑葛切散之也有散福之義二義皆通今改作𢶍一作㩮若作祭字别無意義本注豈應復言里俗謂之祭鬼也

答蘇子美偪歌石本作祠歌擦鬼擦石本作祭注文却引擦鬼事

遊東山寺冬後石本作冬至後幕府一作幕下

龍興寺小飲氛氳一作氤氳

手植檽木泫轉石本作滴瀝

獨遊東山寺交加交一作翏

夷陵書事向君羞君一作春石本同

寄子山待制京本作今日報鎮陽守有行日其不久可出局先寄子山待制四兄二絶

送沈待制方喜一作方務

入汴河聞鴈新來一作秋

送劉都官都城一作門

幽谷種花淺深紅白（一作深紅淺白）

送楊先輩高堂（一作高年）

答呂太博詩注挿以（一作挿之）

居士集卷第十二　　歐陽文忠公集十二

律詩五十六首

送（一作寄）謝中舍二首

滁南（一作陽）幽谷抱山斜我鑿清泉子種花故事已傳遺（一作留傳父）老說世人今（一作分）作畫圖誇金閨引籍子方壯白髮盈簪我可嗟試問弦歌爲縣政（一作意）何如鐏俎樂無涯

喜聞嘉譽藹淮壖又看吳（一作送征）帆解畫船朧畝遺民談舊政江山餘思入新篇人生白首（一作憂傷白髮）吾今爾仕路（一作宦）青雲子勉旃舉棹南風吹酒醒離觴莫惜

少（一作更）留連

酬張器判官泛溪

園林初夏有清香，人意乘閑味愈長。日暖魚跳波面靜，風輕鳥語樹陰涼。野亭飛蓋臨芳草，曲渚迴舟帶夕陽。所得平時為郡樂，況多嘉客共銜觴。

西園石榴盛開

荒臺野徑共躋攀，正見榴花出短垣。綠葉晚鶯啼處密，紅房初日照時繁。最憐夏景鋪珍簟，尤愛晴香入睡軒。乘興便當攜酒去，不須旌騎擁車轅。

西湖戲作示同遊者（一作初泛西湖）

菡萏香清（一作綠芰紅蓮）畫舸浮使君寧（一作不）復憶揚州都將二十四橋月換得西湖十頃秋

夢中作

夜涼吹笛千山月路暗迷人百種花棊罷不知人換世酒闌無奈客思家

秀才歐世英惠然見訪於其還也聊以贈之

相逢十年舊暫喜一罇同昔日青衫令今爲白髮翁俟時君子守（一作處）求士有司公況子之才美焉能久困窮

送楊君之任永康

劒峯雲棧未嘗行，圖畫曾看已可驚。險若登天懸鳥道，下臨無地瀉江聲。折胥莫以微官恥，爲政須通異俗情。況子多才兼美行，薦章期即達承明。

紀德陳情上致政太傅杜相公二首（一云與丞相太傅杜公唱和一十二首，自此而下）

儉節清名世絶倫，坐令風俗可還淳。貌先年老因憂國，事與心違始乞身。四海儀刑瞻舊德，一罇談笑作閑人。鈴齋幸得親師席，東向時容問治民。

事國一心勤以（一作且）瘁，還家五福壽而康。風波已出憑忠信，松栢難凋耐雪霜。昔日青衫遇知己，今來白

首再升堂里門每入從千騎賓主俱榮道路光

太傅杜相公索聚星堂詩謹成一本云太傅相公寵答佳篇仍索拙詩副本謹吟成四韻以叙鄙懷

楚肆固知難衒玉丘門安敢輒論詩藏之十襲真無用報以雙金豈所一作自宜已恨語言多猥冗況因盃杓一作酌正淋漓願投几格資咍噱欲展須於欲睡時

和太傅杜相公寵示之作一本屢賜嘉篇褒借謹依元韻聊述媿佩之意

平生孤拙荷公知敢向公前自衒詩憂患飄流誠已甚文辭衰落固其宜非高僅比巴音下少味還同魯

酒漓兩辱嘉篇永爲寶豈惟榮耀詫當時

太傅杜相公有答兗州待制之句其卒章云

獨無風雅可流傳因輙成一本作因成四韻

南都已見成新集東魯休嗟未作詩霖雨曾爲天下福甘棠何止郡人思元劉事業時無取姚宋篇章世不知二美惟公所兼有後生何者欲攀追

依韻答杜相公寵示之作一本云伏蒙寵示佳篇以不赴東園之會某亦經春多病誠有可嗟謹依元韻輙紓鄙素一本於經春多病下文有略無少暇四字

醉翁豐樂一閑身憔悴今來汴水濱每聽鳥聲知改

節因吹柳絮惜殘春蓋總春罕見花也平生未省降詩敵近數和難韻甚覺牽彊到處何嘗許酒巡壯志銷磨都已盡看花飜作飲茶人

依韻和杜相公喜雨之什

歲時豐儉若循環天幸非由一作因拙政然一雨雖知爲美澤三登猶未一作未足補凶年京東累歲不熟桑陰蔽日交垂路麥穗含風秀滿田千里郊原想如畫正宜携酒望晴川

謝太傅杜相公寵示嘉篇

凜凜節奇霜澗栢昭昭心瑩玉壺冰正身尚可清風

俗當暑何須厭鬱蒸麈柄屢揮容一作曾請益龍門雖峻忝先登立朝行已師資久寧止篇章此服膺

答杜相公寵示去思堂詩

當年丞相倦洪鈞彈節初來潁水濱惟以琴罇樂嘉客能將富貴比浮雲西溪水色春長綠北渚花光暖一作老自薰去思堂在北渚之北臨西溪溪晏公所開也得載公詩播人口去思從此四夷聞

答太傅相公見贈長韻

蹤跡本羈單登門二十年平生任愚拙自進恥因緣憂患經多矣疲駑尚勉旃凋零驚谷友脩與尹師魯蘇子美同出

門下憔悴鳳池邊忽忽良時失區區俗慮閑公齋每偷暇師席屢攻堅善誨常一本作當無倦餘談亦可編每接公論議皆立朝行己之節至於談笑之間亦多記朝廷故事皆可紀錄以貽後生仰高雖莫及希驥豈非賢報國如乖願歸耕寧買田期無辱知己肯逐利名遷

借觀五老詩次韻爲謝一本注云即丞相杜公太子賓客王渙光祿卿畢世長兵部郎中朱貫尚書郎馮平

脱遺軒冕就安閑笑傲丘園縱倒冠白髮憂民雖種種丹心許國尚桓桓鴻冥得路高難慕松老無風韻自寒閑説優游多唱和新篇何惜盡一作爲傳一作畫圖看

答杜相公惠詩一本云近以藥苗茶具爲獻伏蒙報以嘉篇云云謹於別韻課成一首

藥苗本是山一作仙家味，茶具偏於野客宜。敢以微誠將薄物，少資清興入新詩。言無俗韻精而勁，筆有神鋒老更奇。二寶收藏傳百一作在世，豈惟榮耀詫當時。

去思堂手植雙柳今已成陰因而有感

曲欄高柳拂層簷，却憶初栽映碧潭。人昔共遊今孰在，樹猶如此我何堪。壯心無復身從老，世事都銷酒半酣。後日更來知有幾，攀條莫惜駐征驂。

和陸子履再遊城西李園

京師花木類多奇常恨春歸人不歸車馬喧喧走塵土園林處處鎖芳菲殘紅已落香猶在羇客多傷涕自揮我亦悠然無事者約君聯騎訪郊圻

内直對月寄子華舍人持國廷評（一作呈原父）

禁署（一作省）沉沉玉漏傳月華雲表溢金盤纖埃不隔光初滿萬物無聲夜向闌蓮燭燒殘愁夢斷蕙爐薰歇覺衣單水精宮鎖黄金闕故比人間分外寒

答子華舍人退朝小飲官舍（一作和子華朝退寒甚陪諸公飲）

玉階朝罷卷晨班官舍相留一笑間與世漸疎嗟已老（一作緣老態）得朋爲樂偶偷閑紅牋擲管吟紅藥緑酒

盈罇舞緑鬟自是風情年少事多慙白髮與蒼顔

内直晨出便赴奉慈齋宫一作宿馬上口占一本云呈子華子履

凌晨更直九門開驅馬悠悠望禁街霜後樓臺明曉日天寒煙霧著宫槐山林未去猶貪寵罇酒何時共放懷已覺蕭條悲晚歲更憐衰病怯清齋

景靈朝謁從駕還宫

琳館清晨藹瑞氣玉旒朝罷奏韶鈞緑槐夾路飛黄蓋翠輦鳴鞘向一作入紫宸金闕日高猶泫露綵旗風細不驚塵自慙白首追時彦行近儲胥忝侍臣

憶滁州幽谷

滁南一作豐山幽谷抱千峯，高下山花遠近紅。當日辛勤皆手植，而今開落任春風。主人不覺悲華髮，野老猶能說醉翁。誰與援琴親寫取，夜泉聲在翠微中。

和韓學士襄州聞喜亭置酒一作和欽聖學士聞喜置酒即事

巀嶭高城漢水邊，登臨誰與共躋攀。清川萬古流不盡，白鳥雙飛意自閑。可笑沉碑憂岸谷，誰能把酒對江山。少年我亦曾遊目，風物今思一夢還。

寄題梅龍圖滑州溪園一作西溪

聞說溪園景漸佳，遥知清興已無涯。飲闌歸騎多一作

去　乘月雪後尋春自探花百囀黃鸝消永日雙飛白鳥避鳴笳平生喜接君酬一作嗟予每許陪高唱不得鐏前詠

落霞

奉使道中五言長韻

初旭一作日瑞霞烘都門祖帳供親持使者節曉出大明宮城闕青煙起樓臺白霧中繡韉一作鞍驕躍躍貂袖紫蒙蒙朔野驚飆慘邊城畫角雄過橋分一水回首羨南鴻地里山川隔天文日月同兒童能走馬婦女亦彎弓度險行愁失盤高路欲窮一作斗絶誇天險高盤畏路窮山深聞喚鹿林黑自生一作成風松壑寒逾響冰溪一作

溪派咽復通望平愁驛迥野曠覺天穹駿足來山北輕禽出海東合圍飛走盡移帳水泉空講信鄰方睦尊賢禮亦隆斫一作研冰燒酒赤凍一作研膾縷霜紅白草經春在黃沙盡日濛新年風漸變歸路雪初融祗事須彊力嗟予乃病翁深慚漢蘇武歸國不論功

奉使契丹初至雄州一作過塞

古關衰柳聚寒鴉駐馬城頭日欲斜一作駐馬關頭見落霞猶去西樓二千里行人到此莫思家

奉使契丹回出上京馬上作

紫貂裘暖朔風驚潢水冰光射日明笑語同來向公

子馬頭今日向南行

送渭州王龍圖

漢軍一作兵十萬控山河玉帳優游暇日多夷狄從來懷信義廟堂今不用干戈吟餘畫角吹殘月醉裏紅燈炫綺羅此樂直須年少壯嗟余心志已蹉跎

李留後家聞箏坐上作余少時嘗聞一鈞容老樂工箏聲與時人所彈絕異云是前朝教坊舊聲其後不復聞至此始復一聞也

不聽哀箏二十年忽逢纖指弄鳴絃緜蠻巧囀花間舌嗚咽交流冰下泉常謂此聲今已絕問渠從小自誰傳樽前笑我聞彈罷白髮蕭然涕泫然

送鄆州李留後

北州遺頌藹嘉聲，東土還聞政有成。組甲光寒圍夜帳，綵旗風暖看春耕。金釵墜鬢分行立，玉麈高談四坐傾。富貴常情誰不羨，愛君風韻有餘清。

子華學士儤直未滿，遽出館伴，病夫遂當輪宿，輒成拙句奉呈

萬釘寶帶爛署鐶，賜（一作錫）宴新陪一笑歡。金馬並遊年最少，玉堂初直夜猶寒。自嗟零（一作流）落凋顏鬢，晚得飛翔接羽翰。今日遽聞催遽宿，不容多病養衰殘。

禮部貢院閱進士就試（自此而下二十首皆禮部貢院唱和一本）

云凡二十二首蓋二首見外集

紫案焚香暖吹輕，廣庭清曉席羣英。無譁戰士銜枚勇，下筆春蠶食葉聲。鄉里獻賢先德行，朝廷列爵待公卿。自慙衰病心神耗，賴有羣公鑒裁（一作擇又作識）精。

和梅聖俞元夕登東樓

遊豫恩同萬國懽，新年佳節候初還。華燈爍爍春風裹，黄傘亭亭瑞霧間。可愛清光澄夜色，遥知喜氣動天顔。自憐曾預（一作與）稱觴列，獨宿冰廳夢帝闕。

再和

禁城車馬夜喧喧，闕繞危欄（一作樓）去復還。遥望觚稜

煙靄外似聞天樂夢魂間豈無罇酒當佳節況有朋
歡慰病顔待得歸時花在否春禽簷際已關關

又和

憑高寓目偶乘閑袨服遊人見往還明月正臨雙闕
上行歌遥聽九衢間黄金絡一作束馬追朱幰紅燭籠
紗照玉顔與世漸一作已疎嗟老矣佳辰樂事豈相
關

憶鶴呈公儀一作和公儀憶鶴

一笑相驩一作從樂得朋誦君雙鶴句尤清高懷自喜
凌雲格俗耳誰思警露聲所好與時雖異趣累心於

物豈非情歸休約我携琴去共看婆娑舞月明

答王禹玉見贈（一作和禹玉書事）

昔時叨入武成宫曾看揮毫氣吐虹夢寐閑思十年舊（一作事）笑談今此一鐏同喜君新賜黄金帶顧我宜爲白髮翁自古薦賢爲報國幸依精識士稱公

答王内翰范舍人（一本云叙懷謝景仁禹玉）

相從一笑歡無厭屢獲新篇喜可涯自昔居前誚穮秕幸容相倚媿蒹葭白麻詔令追三代（一本注禹玉年前方入翰林）青史文章自一家（一本注景仁脩撰又同書局）我亦諫垣新忝命君恩未報髮先華（禹玉新除學士景仁新兼脩撰）

戲答聖俞持燭之句

辱君贈我言雖厚，聽我酬君意不同。病眼自憎紅蠟燭，何人肯伴白鬚翁。花時浪過如春夢，酒敵先甘伏下風。惟有吟哦殊不倦，始知文字樂無窮。

小桃一作和公儀正月桃

雪裏花開人未知，摘來相顧共驚疑。便當索酒花前醉，初見今年第一枝。

戲書

支離多病歎衰顔，賴得一作有羣居一笑懽。人老思家甚年少，身閑泥酒過春寒。來時御柳一作水天街凍，歸

去梨花禁籞殘縱使開門佳節晚未妨雙鶴舞霜翰一作朝鎖漢臺空悵望欲將春恨託飛翰

春雪一本上有和聖俞字

逗曉一作户風聲惡褰簾雪勢斜應憐未歸客故勒欲開花病思寒添睡春愁夢在家誰能慰寂寞惟有酒如霞

和梅公儀嘗茶

溪山擊鼓助雷驚逗曉靈芽發翠莖摘處兩旗香可愛貢來雙鳳品尤精寒侵病骨惟思睡花落春愁未解醒喜共紫甌吟且酌羨君蕭洒有餘清

和較藝書事 一作奉答禹玉再示之作

相隨懷詔下天閽，一鎖南宮隔幾旬。玉麈清談消永日，金鐏美酒惜餘春。杯盤餳粥春風冷，池館榆錢夜雨新。猶是人間好時節，歸休過我莫辭頻。

和 一作戲答 公儀贈白 一本無白字 鷳

梅公憐我髭如雪，贈以雙禽 一作鷳 意有云。但見尋常思白兎，便疑不解醉紅裙。吟齋雖喜留閑客，野性寧忘在嶺雲。我有銅臺方尺瓦，懃非玉案欲酬君。

再和 用其韻一作依韻再答公儀白鷳

佳翫能令百事忘，豈惟閑伴倒餘釭。珍奇來自海千

里皎潔明如璧一雙日曖朝籠青石砌春寒夜宿碧紗窻蠻煙瘴霧雖生處何必區區憶陋邦

和聖俞春雨

簷尾蕭蕭雨勢踈寂寥官舍與君俱身遭鎖閉如鸚䳇病識陰晴似鶺鴒年少自愁花爛熳春寒偏著老肌膚莫嫌來往傳詩句不爾須當泥酒壺

出省有日書事

凌晨小雨壓塵輕閑憶登高望禁城樹色連雲春泱漭風光著草日晴明看榆吐莢驚將落見鵲移巢怨已成誰向兒童報歸日爲翁寒食少且一作留餳

和（一本有禹玉字）較藝將畢

槐柳來時綠未勻，開門節物一番新。踏青寒食追遊騎，賜火清明忝侍臣。拂面蜘蛛占喜事，入簾蝴蝶報家人（在李賀詩）。莫瞋年少思歸切，白髮衰翁尚惜春。

喜定號和禹玉内翰（用其韻一作和禹玉喜定號）

衡鑒慙叨選，英豪此所鍾。古今參雅鄭，善惡雜皋共。揮翰飄飄思，懷奇落落胷。披文驚可畏，奏下始開封。但喜眞才得，寧（一作何）虞橫議攻。欲知儒學盛，首善本三廱。

和出省（國朝之制禮部考定卷子奏上字號差臺官一人拆封出牓一作和公儀）

上馬有作

僮奴一作奴僮僕被莫相催待報霜臺御史來晴陌便當聯騎去春風任放百花開文章紙貴爭一作看馳譽朝野人言慶得才共向冊墀侍一作待臨選莫驚鱗鬣化風雷

居士集卷第十二

熙寧五年秋七月男發等編定

紹熙二年三月郡人孫謙益校正

紀德陳情上致政太傅杜相公二首京本作某啓謹吟成紀德陳情

拙詩二章拜獻太傅相公雖不足游揚大君子之盛美亦聊伸門下小子區區感遇之心干冒台嚴

伏惟俯

賜采覽

太傅杜相公索聚星堂詩謹成京本作某啓伏蒙太傅相公寵答佳篇仍索拙詩副本謹吟成四韻以叙鄙懷兼伸感懇

和太傅杜相公寵示之作京本作某啓伏蒙累賜嘉篇過形褒借在於庸拙何以當之謹依元韻課成一首聊述媿佩之意

依韻答杜相公寵示之作京本作某啓伏蒙寵示佳篇以不赴東園之會爲恨某亦經春多病略無少暇誠有可嗟謹依元韻輒紓鄙素

依韻和杜相公喜雨之什京本作某啓伏蒙太傅相公寵示喜雨之什過形獎

誘感愧何勝謹依元韻奉和少伸鄙悰

謝太傅杜相公寵示嘉篇京本作某啓伏蒙寵示嘉篇謹課成七言四韻以敘謝

答杜相公寵示去思堂詩京本作某啓伏蒙寵示去思堂詩曲有褒揚形于雅韻有以見大君子樂善之心而小子蒙幸之厚也謹課七言四韻敘謝

答太傅相公見贈長韻京本作某啓伏蒙寵示長篇過褒後學其爲榮幸何可勝言輒述鄙懷聊敘感槩隨高韻文不盡誠仰逸台慈實深媿懼

答杜相公惠詩京本作某啓近以藥苗茶具爲獻伏蒙報以嘉篇而清韻孤高無容攀企牽強累日終不成智力俱疲不知自止謹於別韻課成一首伏惟采覽

右詩序定本雖從簡然公舊語不可不存

酬張判官泛溪一作示泛溪之什

贈歐世英之才美一作才之美

手植雙柳從老一作徒

憶幽谷寫取一作去

和韓學士誰能一作惟當

題滑州溪園遥知一作羨君

秦使道中地里一作理

[illegible]聖俞元夕登東樓朱幰朱作珠

和出省聯騎一作連騎